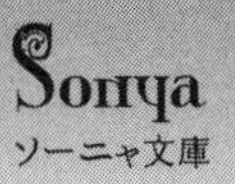

森の隠者と聖帝の花嫁

富樫聖夜

イースト・プレス

contents

プロローグ　神の森に住む少女

神の子が興したとされるシュレンドル帝国の北東部には広大な森が存在する。
シュレンドル帝国の民には「神の庭」「神域の森」と呼ばれて尊ばれている場所だ。
一方、森の一部が国境に接しているロジェーラ国では「魔の森」と呼ばれて恐れられていた。森に入れば、すぐに道に迷い、あげくに二度と出られないとされているからだ。しかも、森には大きな獣が跋扈し、不用意に足を踏み入れた者を食い殺してしまうとも言われている。

運よく森から抜け出せた者もいたが、獣に追いかけ回され命からがら何とか出口を見つけられたか、森の隠者に出会えて帰り道を教えてもらえたかの、ほんの一握りの人間だけだった。

「でも鬱蒼とした森で隠者様と出会えるのはよほど運がいい者だけよ。だから決して森に入ってはだめ。もう二度と出てこられなくなるから」

シュレンドル帝国でもロジェーラ国でも、森に近い所に住んでいる民はみな親にそう言われて育つのだ。

ただし、シュレンドル帝国は森に対して畏敬の念を持っているのに対して、ロジェーラ国では恐怖の対象だ。何しろ、いつ森から恐ろしい猛獣が出てきて街や村を襲うか分からないからだ。

よってロジェーラ国の民が森に近寄ることはない。森の奥深くに一人で住んでいるとされている「隠者」も彼らには恐ろしい者としか思えなかった。

＊＊＊

ロジェーラ国側からしばらく森を進んだ場所に、その小屋はあった。

丸太で作られた小さな狩猟小屋で、煙突からは細い煙が上っている。周囲は鬱蒼とした森なのに、小屋の周辺だけはぽっかりと開けていて、青い空が広がっていた。

小屋の近くには井戸があり、小規模ながら畑が作られている。その畑で一人の少女が鼻歌を歌いながら土の中からニンジンを引っこ抜いていた。

はしばみ色の髪に、明るい緑色の瞳を持つ少女で、歳は十五、六といったところだろうか。生成り色のワンピースに緑色のチュニックを身に着けた姿はどこにでもいる平民の少女のようだ。けれど、ほんの少し土に汚れた顔をよく見てみれば、非常に繊細で可愛らしい顔だちをしていることが分かる。

日差しの中で農作業をしているというのに、染み一つない白く滑らかな肌。細い鼻梁に形のよい唇。長いまつ毛に縁どられた目は、新緑の色を宿している。かつては継母と異母妹に「汚らしい土の色」と言われたはしばみ色の髪はまっすぐで艶やかに光り、少女が動くたびに背中でサラサラと揺れている。

ひと気のない森では誰も指摘することはないし、彼女が唯一しゃべる相手は決して彼女の容姿を褒めたりはしないが、少女には、着飾れば誰もが振り返るであろう美しさがあった。

ピィーー、ヒョロローー。

少女の鼻歌に合わせて肩に止まっている白い鳥が鳴く。ふくふくとした可愛らしい小鳥だ。

「ヴィラント、見てよ。このニンジン。すごく美味しそうに育ったじゃない？」

手に提げた小さな籠の中に収穫したニンジンを入れながら、少女は小鳥に話しかける。するとと小鳥は同意するように「チュチュ！」と鳴いた。

「シチューの具材にするつもりだけど、ヴィラントにもおやつにあげるわね」

「ピュー！」

嬉しいのか、小鳥は少女の肩の上でパタパタと羽を動かした。小鳥は少女が育てた野菜が大好物なのだ。

「ピュー！　ピュー！　……ピューィ」

だが不意に、喜びを表していた小鳥が静かになった。

「ヴィラント？」

不思議に思った少女だったが、すぐにハッとなって森の奥の方を向く。

すると、いつの間に来たのか、真っ黒な服とフードを被った人物が小屋の敷地と森の境目に佇(たたず)んでいた。

深めのフードで覆われているため、顔は分からない。けれど背格好から男であることは明らかだった。

「隠者様！」

まるで物語に出てくる死神のような風体(ふうてい)をした男の出現に、けれど少女は驚くことはなかった。それどころか籠を放り出し、顔に喜色を浮かべて立ち上がると、男に走り寄っていく。小鳥のヴィラントも少女の肩から飛び立ち、空中でくるりと旋回して男の肩に止まった。

「隠者様、いらっしゃい！　今日あたりお見えになるかなと思っていたんです」

男の前までやってきた少女は黒いフードに隠された顔を見上げた。

「アリー」

男性は咎めるように少女の名前を呟くと、鬱陶しそうにフードを払った。

黒い布から出てきたのは、珍しい金色の瞳を持つ、長い黒髪をうなじで無造作に括った若い男性だ。細面の怜悧な美貌の持ち主で、年齢は二十代前半といったところだろうか。秀麗と呼ぶに相応しい容姿だが、決して女性には見えない。身体の線はローブのせいではっきり見えないが、その中に鍛え上げられた肉体が隠されていることをアリーはよく知っている。

「お前には俺の名前を教えたはずだ」

淡々としながらもどこか不機嫌に見えたのは、アリーが彼を「隠者様」と呼んだのが気に食わなかったからのようだ。

——初めて会ったあの日、「俺の事は隠者と呼べばいい」と言ったのは、ここにいる本人なのに。

アリーはそう思ったが口には出さず、ほんのり頬を染めながらつい最近教えてもらったばかりの彼の名前を口にする。

「いらっしゃいませ……グラム様」

「ああ」

表情は変わらないものの、男性——グラムはどこか満足そうに答えた。

グラムエルトというのが男の本当の名前だ。けれど長いから「グラムと呼べ」と言ったのも、目の前にいる本人だ。

彼に会ってから二年目にして知ったその名前を口にするたび、アリーはくすぐったい気持ちになる。だからつい慣れた「隠者様」の方で呼んでしまうのだが、グラムはいちいち指摘して直させる。どうやら彼にとってアリーに名前を呼ばせることは何らかの意味があるらしい。

——私がグラム様の名前を口にするたび、魔術的に二人の結びつきが強くなるのだと仰るけれど、私にはよく分からないわ。私はグラム様のように不思議な力は使えないし、グラム様の言う「森に満ちている神の力」も感じられないもの。

かつて世界にあったとされる神秘も魔法もアリーの祖国ロジェーラでは失われて久しい。すでにおとぎ話の領域だ。

けれどシュレンドル帝国ではまだ「神の御業（みわざ）」と呼ばれる不思議な力が残っていて、聖帝をはじめ何人かは使うことができるとアリーは聞いている。きっと隠者であるグラムはその数少ない「神の御業」を使える人間の一人なのだろう。

——だからこそ、神が降りた場所だというこの神域の管理を任されたのだわ。

「アリー」

不意にグラムが手を伸ばしてアリーの前髪に触れた。アリーは反射的にギクリとしたが、何とかその場に踏みとどまる。

——……大丈夫。隠者様だもの。痣の事はご存じだから、隠す必要もないわ。

アリーは前髪に触れられることを嫌っている。いや、触れられるのが嫌というより、長い前髪に隠しているものを見られるのが嫌なのだ。それで、前髪に触れられそうになるとつい避けてしまうのが習い性になっていた。

グラムは前髪をひと房掬い上げ、呟いた。

「長くなってきたな。目に入りそうだ。そろそろ切るか」

「はい……」

アリーは以前、小屋にあるハサミで長くなり過ぎた前髪を自分で切ったことがあった。ところが勝手が分からずガタガタになってしまい、どうにもならなくなってしまった。その時、たまたま小屋を訪れたグラムは、アリーの不格好な前髪を見て何を思ったのかハサミを取り上げ、無言で整え始めたのだ。出来上がったアリーの前髪は、本職の人の仕事には劣るものの、見違えるように整ったものに変わっていた。

——ハサミ一つうまく扱えないなんて……本当に私ってだめね。

だが、自分でやるより遥かにグラムの方が上手なのは確かだ。それ以来、アリーの前髪はグラムが整えるようになった。

「……だが、髪を切るよりこれを消すことの方が先だな」

グラムの指がほんの一瞬だけアリーの額に触れる。アリーはハッとなってグラムの金色の瞳を見上げた。黄金色の虹彩（こうさい）の奥に、熱っぽい光が浮かんでいるのが見えて、アリーの胸が高鳴る。

　アリーの額の真ん中、ちょうどグラムが触れた部分にはうっすらと黒ずんだ痣が浮かんでいた。今ははっきり見えないが、アリーはそれが八つの花弁を持つ花のような形をしていることを知っている。等間隔に円形に並んだそれは痣のようでもあり、何かの紋章のように見えることもある。

　――知らないわけがない。だって、それは生まれた時から私と共にあるのだもの。

　この痣のせいでアリーの人生は生まれた時から波乱に満ちたものとなっていた。

　――この森に来てようやく、痣のことも人の目も気にしないで済むようになったというのに。

　今また、アリーの望む静かな生活がこの痣のせいで破壊されそうになっている。

　――もう嫌。私はここにいたい。グラム様と一緒に、ずっとずっとここで生きたい。

「グラム様……お願いします。この痣を……どうか……」

　アリーはグラムを見上げて懇願する。自分の緑色の瞳に、グラムと同じように熱っぽい光が浮かんでいることにアリーは気づいていない。

　ふぅ、とグラムは息を吐いた。

「……明日、村に行く予定だったな、確か」

「はい」

「では施術しよう。おいで、アリー」

アリーは差し出されたグラムの手を躊躇なく取った。

これからグラムは小屋の中でアリーを抱く。痣を消すために必要な措置として。

――これは、私がここで生きていくために必要なことだから。

そう心の中で言い訳をする。

けれど身体は期待に疼き始めていた。胸の先はじんじんと熱を帯び、両脚の付け根からはじわりと愛液が染み出してきている。

――早く私の中にグラム様を受け入れたい……！

痛いほどの欲求に、アリーの息が乱れた。

二人は手を繋いで小屋の入り口に足を向ける。が、その途端、グラムの肩にいた小鳥のヴィラントが抗議するような鳴き声を上げた。

「ピー！　ピー！」

グラムはヴィラントの声を聞き、眉を寄せる。

「ニンジン？　盛る前に寄こせって？」

アリーにはヴィラントが何を言っているのかさっぱり分からないのだが、なぜかグラムには小鳥の言っていることが分かるようなのだ。

　ニンジンという言葉でアリーは収穫したばかりの野菜とヴィラントとの約束を思い出して慌てた。

「あ、籠……」

　籠はアリーが先ほど放り出したままになっている。

「ごめんなさい、ヴィラントにニンジンをあげる約束をして……」

「そのようだな。ヴィラント、約束通りニンジンをやるから邪魔はするなよ？」

　小鳥に釘を刺すと、グラムは籠に視線を向けた。すると、畑の真ん中にポツンと置かれていた籠が何かに引き寄せられるように浮きあがり、ふわふわと移動してきた。そして二人の目の前まで来るとアリーの手の中に引き寄せられるように収まる。

「ありがとうございます、グラム様」

　触れていないのに物が移動してくるなんて、まるで物語にある魔法のようだとアリーは思う。この二年間で、グラムが「神の御業」を使っている場面を何度も見ているが、未だに慣れないでいる。

　――シュレンドル帝国ではこれを当たり前にできる人たちが何人もいるのよね。聖帝とか……。

　聖帝のことを思い出し、アリーは罪悪感を覚える。なぜなら、かつてアリーはシュレンドル帝国の現皇帝――通称「聖帝」の婚約者候補の一人だったからだ。

——それなのに今の私は祖国から逃げ出し、他の男性と……。いいえ、いいえ！　私は王女としての身分を捨てた身だもの。もう婚約者候補ですらないはず。

だから義理立てする必要も、罪悪感を覚える必要もないのだ。

——だって、聖帝には会ったこともないのだから……。

「アリー、どうした？」

籠を抱きしめたまま物思いにふけっていたアリーは、ハッと我に返って首を横に振った。

「いえ。なんでもありません」

アリーはグラムに寄り添った。

——そうよ、もう私には関係のないことだわ。今の私は隠者様のご厚意で森に住まわせてもらっているただの娘。アリーシェは……「不吉な姫」と呼ばれていた王女はもういないのだから。

アリーシェことアリーは過去を振り払い、グラムに意識を向けた。

——私はここで生きていく。生きていきたい……あなたと二人で、グラム様。

「大丈夫だ、アリー」

彼女の不安に気づいたのか、グラムはアリーの肩をそっと抱き寄せた。

「お前が望むだけここにいればいい。俺とヴィラントが守るから……。アリー、俺の花嫁」

最後に囁(ささや)かれたグラムの言葉は、あまりに小さすぎてアリーの耳には届かなかった。

二人と一羽は揃(そろ)って小屋に入って行った。

しばらくして、窓から小鳥のヴィラントが飛び立ち、屋根に降り立つ。彼の小さな足にはニンジンと、ついでのご褒美としてキャベツの切れ端が握られている。

ヴィラントは屋根の上で嬉しそうに野菜をついばみ始めた。

やがてヴィラントがおやつを食べ終わる頃、小屋の中から艶めいたアリーの嬌声が響き始める。

それに動じることなく、ヴィラントは空から降りそそぐ日の光を浴びながら気持ちよさそうに目を閉じるのだった。

第1章　痣のある王女

神の子が興したとされる大陸屈指の大国、シュレンドル帝国。周辺諸国はこの強大な国を宗主国として仰ぎ、かの国の恩恵を受けて国を成り立たせていた。

ロジェーラ国もそうした周辺諸国の一つだ。帝国の庇護下にあることで、他国から侵略されることなく生きながらえてきた。国土も狭く小国に過ぎないロジェーラの民が平和に暮らせるのも、代々シュレンドル帝国の顔色を窺っていたからだと言えよう。

アリーシェはそんな小国ロジェーラの王、キースタインの第一王女として生を受けた。国王の第一子の誕生だ。本来であればアリーシェの誕生は全国民に祝福されるはずだった。

けれどこの世に生まれ落ちた瞬間から、アリーシェの不幸は始まっていた。彼女を産んですぐに母親である王妃が亡くなってしまったのだ。

医療技術の進んだシュレンドル帝国であれば、もしかしたら王妃の死は防げたかもしれない。けれどロジェーラ国の宮廷医師は王妃の出血を止めることができず、アリーシェは母親の命と引き換えにこの世に誕生した。

不幸はそれだけに留まらなかった。王妃の死と、生まれた子が世継ぎになれる男児ではなかったことに落胆する国王にもたらされたのは、王女の額に奇妙な形の痣が浮かんでいるという報告だった。

『痣……？』

それは大人の小指の爪ほどの大きさの痣だった。色も灰色のうすぼんやりとしたものだったが、赤ん坊の小さな額に浮かんでいるため非常に目立っていた。

『これは……まるで何かの紋様のようじゃないか』

母親が亡くなったことも、今まさに己が運命の岐路に立っていることも知らずにすやすやと眠る赤ん坊の額を見て、国王キースタインは慄いた。

もしこれがただの丸い、あるいは不格好な形の痣であれば、長い時間かかった出産の影響だと言い訳もできただろう。けれど、王女の痣は八つの大小の楕円形が規則正しく円形に並ぶというものだった。その様はまるで花を象った紋様のようだった。

『なんと不吉な……』

側近の一人が呟く。彼の目には王女の痣はまるで悪魔がつけた印に見えたようだ。

『陛下。もしや王女様は悪魔に魅入られたのかも……。放置すれば国や陛下に不幸を呼び込むやもしれません。今すぐ処断を！』

『何をバカな。陛下の血を引くお子だぞ！』

別の側近が反対する。

『悪魔の印だという証拠もないのに、たかが痣一つで王族を傷つけるなど』

『だが、これが不吉な印でないという証拠もないではないか。現に王妃様は王女様を産んだために命を落としたのだぞ！』

側近たちの意見を聞き、もっともだと思ったキースタインは、赤ん坊の処遇をどうするか頭を悩ませた。王妃が命と引き換えに産んだ子どもではあるが、後継ぎになる男児ではないし、不気味な痣という欠点を背負って生まれた王女を生かしておくことに意味があるのか。

下手をすればロジェーラ国の汚点ともなるだろう。それならばいっそすぐに死なせてやった方がこの子のためなのかもしれない。

そう思い、決断しようとしたその時、宰相が言った。

『お待ちくださいませ。花の痣がある者を傷つけてはなりません。昔からある言い伝えを陛下も貴殿らもご存じのはずです』

――花の痣を持つ者は慈しめば繁栄を。苦しめれば破滅をもたらす。

それはシュレンドル帝国の周辺諸国で語り継がれてきた昔からの伝承だった。

もちろん、キースタインも側近たちもそれを耳にしたことがあったが、誰一人として本当のことだと考えたことはない。

『ただの言い伝えだ』

そう吐き捨てる側近に、先王の時代から宰相の地位にある老人は告げた。

『確かにただの言い伝えに過ぎないのかもしれません。けれど、陛下もご存じの通り、シュレンドル帝国では六年前に皇太子が生まれました。伝承にあるように「神の子」の証である聖痕を持ち、聖獣の卵を手にして生まれた将来の皇帝――聖帝になるべく御子が。皇太子殿下の聖痕がどのようなものか明らかにされておりませんが、その影響でシュレンドル帝国では痣を持って生まれてくる子どもは神の祝福を受けているとされ、とても大事にされているそうです。そんなシュレンドル帝国に、痣を持って生まれたという理由で王女様を始末したと知られたら、どのようなお咎めがあるかわかりませぬ』

『シュレンドル帝国に知られないようにすればいい話だ』

そううそぶく側近に、宰相は眉を上げた。

『貴殿はシュレンドル帝国の情報収集能力を侮りすぎている。かの国には我々の叡智の及ばぬ神器が存在し、常に諸外国の動きを見張っていると聞く。ここでこのように話している内容も筒抜けになっているやもしれないのだぞ』

シュレンドル帝国ににらまれたらこの国は生きていけない。ロジェーラは酪農が盛んな国だが、それ以外の食料は他国に頼っている状態だ。今必要な食料が滞りなく入ってくるのも、シュレンドル帝国と良好な関係を築いているおかげだということはこの場にいる誰もが知っていた。

『シュレンドル帝国の機嫌を損ねるわけにはいかんな……どうしたらいいものやら』

『陛下。では王女様は表向きは身体が弱いということにして、人の目に触れない場所で育てさせるのはいかがでしょうか。これならば王女様を傷つけるわけではないので、シュレンドル帝国にも言い訳ができましょう』

国王キースタインは日和見な性格だ。良い言い方をすれば臣下の進言に耳を傾ける王だが、悪い言い方をすれば意志が弱く、人の意見に流されやすい。キースタインはそういう男だった。

この時も、彼は臣下たちの言葉に流されて自分にとって楽な方法を採った。

『おお、そうだな。それはいい考えだ。人前に出すことなく離宮で育てさせよう』

『お待ちください。それは幽閉では……』

宰相は最後まで、王女は普通の王女として育てるべきだと主張したが、キースタインはその意見には耳を貸さず王女の幽閉を決めてしまった。

『この判断が取り返しのつかない事態を招かなければいいのだが……』

宰相はその役職ゆえに諸外国の動向に詳しかった。シュレンドル帝国で未来の聖帝が誕生したとたん、周辺諸国ではどこも王家が主導して痣のある子どもを保護する政策を取るようになったことがずっと気になっていたのだ。だが調べても理由ははっきりとは分からなかった。

果たしてそれは本当にシュレンドル帝国におもねっているだけのことなのか。

何もしていないどころか諸外国の政策と逆行するような決定をした自国の未来に、宰相は不安を覚えるのだった。

＊＊＊

アリーシェと名付けられた王女はこうして離宮に移されて、人目に触れないようにひっそりと育てられることになった。

離宮といっても城の敷地の一番奥にある古い建物で、周囲からは隔絶された場所にある。訪れる者もおらず、アリーシェに付けられた使用人はほんのわずかな人数だけ。王女が住んでいるので警備の兵は配置されていたが、アリーシェの護衛のためというより彼女を外に出さないためであった。

幽閉されたも同然の王女に同情の念を抱く者は多かったが、キースタインが新しい王妃を娶（めと）り、すぐに第二王女が誕生したこともあって、不幸な星のもとに生まれた第一王女のことを人々は次第に忘れていった。

「大丈夫です、姫様。亡き王妃様に代わって私がお守りしますからね」

乳母のメアリアがアリーシェを抱きしめる。

メアリアはアリーシェを産んで亡くなった前王妃が選んだ乳母だ。これ幸いとばかりにアリーシェと一緒に離宮に入れられ、養育を押しつけられることになった。

アリーシェにとって不幸中の幸いだったのは、メアリアが非常に優しい性格の女性だったことだろう。彼女は赤ん坊の額にある痣を気にすることなく、乳飲み子だった我が子を失っていたこともあり、アリーシェに愛情を注いで育ててくれた。

「メアリア、だいすきよ。ずっとそばにいてね」

「もちろんですとも。このメアリア、いつだって姫様のお傍におります」

愛情を注いでくれるメアリアの腕の中で、アリーシェはすくすくと育っていった。

アリーシェは自分を不幸だとは思っていなかった。自分をいない者として扱う父王や義母にあたる王妃、そして異母妹弟たちを恨んでもおかしくない境遇だったが、メアリアの教育の賜物か、卑屈になることもなく素直で優しい性格に育った。

——だって私にはメアリアや、ファアナ、それにトムス爺様がいるもの。

ファアナはアリーシェの侍女、そしてトムスは離宮の庭を手入れしている庭師だ。二人もメアリア同様に、アリーシェの痣を嫌厭することなく愛情を注いでくれている。

「ファアナ。シュレンドル帝国を作った神様のお話をお願い」

「もちろんですとも。姫様は神様のお話が大好きなのですね」

ベッドに横たわって寝物語にいつもの話をねだると、ファナはにっこりと笑った。

幽閉されているとはいえ、アリーシェは一応王女なので乳母兼養育係のメアリアの他にも侍女が付けられている。けれど、ファナがやってくるまでアリーシェ付きの侍女はなかなか定着しなかった。

離宮に送り込まれてくる侍女はみな、華やかな城での生活を期待していて、冷遇されている王女付きになることが不満だったようだ。その上、彼女たちはアリーシェの額にある痣を気持ち悪いと感じるようで、すぐに異動願いを出してしまうのだ。そのため、長い間メアリアがアリーシェの世話をただ一人で行っていた。

ファナが離宮にやってきたのはアリーシェがちょうど八歳になった時だった。ファナは辺境の男爵家の養女になった女性で、元は平民だったらしい。そのため、王城に侍女見習いとしてやってきたとたん、誰もやりたがらないアリーシェの侍女を押しつけられたようだ。

そんな状況にもかかわらず、ファナはアリーシェに優しかった。

『不満なんてあるはずがありませんわ。むしろ、元平民だってバカにされずに済む分、すごく働きやすいです』

その言葉の通り、ファナはアリーシェ付きの侍女として離宮で働き続けている。

庭師のトムス爺もファナと似たような境遇だ。王城の庭師として雇われたものの、平民出身で地位も低いまま年老いた彼はやっかい払いのように離宮に送り込まれてきた。そのせいか、アリーシェにも同情的で、孫のように可愛がってくれている。

「この大陸は、元は不毛の土地だったのです。人間は少ない緑や水を巡って争いながら、何とか生きながらえていたそうですよ。そんな状況を憂いたある部族の娘が天に祈りました。『神様、どうか私たち人間に豊かな緑を、争うことなく生きていける大地をお与えください』と」

アリーシェはわくわくしながらファナが語る神話に耳を傾ける。

冷遇されているとはいえ、一応王女であるアリーシェのもとには家庭教師が通ってきているが、必要最低限の分野のみだったため、他国の歴史、それも神話のことなど少しも教えてくれないのだ。平民でも知っているような伝承や当たり前の知識は、すべてメアリアやファナ、それにトムス爺が与えてくれたものだった。

「神様は娘の願いに応えてこの大地へ降臨しました。すると神様が降りた大地はたちまち木々が生え、森になりました。出来上がったのは森だけでありません。大地は潤い、荒野はたちまち草原に、草木一本生えなかった山には緑の木々が、川には水が流れ、多くの魚や動物が誕生していきました。娘の願い通り、神様は豊かな大地を人々に与えてくださったのです。願いを叶えた神様は森に神殿を建てて、娘を妻にしました」

「その娘と神様の間に生まれた子が、シュレンドル帝国を作ったのよね！」

　緑色の瞳を輝かせながらアリーシェが言うと、ファナは笑って頷いた。

「その通りです。よくご存じですね、姫様。森で神様と娘の間に生まれた御子こそ、シュレンドル帝国を築いた初代皇帝です。神様のおかげで大地は豊かになりましたが、娘の願いとは裏腹に人間の争いは終わりませんでした。よりよい土地を求めて部族同士が争っていたのです。それを憂いた娘の嘆きを耳にした神様は息子にこう言いました。『人々の争いを鎮めて、この地を治めよ』と。御子は神様の命じた通り、森を出て神様から授かった不思議なお力と道具を以て部族間の争いをあっという間に鎮めたそうです。そして御子は国を興し、王となって人々や大地を治めるようになりました。それがシュレンドルの始りです。つまり、シュレンドル帝国の皇帝一族は神の末裔ということですね。その証拠に、数百年に一度、シュレンドル帝国の皇族には神の御子……いえ、初代皇帝のように身体のどこかに聖痕を持ち、神獣の卵を手にした子どもが生まれるのです。初代皇帝の生まれ変わりだとも言われておりますね。そのため聖なる皇帝――すなわち聖帝と呼ばれて、他の皇帝とは区別されております」

「今の皇太子殿下がその聖帝だとトムス爺様が言っていたわ」

「はい。今の皇太子殿下は聖帝の印を持って生まれたそうです。私たちが生きている代で聖帝が現れるのはとても幸運なことだと思います。何しろ生きた神話ですから」

「生きた神話……すごく素敵ね！」

アリーシェは神話やおとぎ話といった不思議な話が大好きだった。メアリアやファナに借りてきてもらうのもそういった類(たぐい)の本ばかりだ。

不思議な話や神話に没頭している間は自分の境遇を忘れていられるからだった。

「シュレンドル帝国にはまだまだ神の痕跡が残っているんですよ。神様が降臨して娘と暮らした森もまだちゃんとありますもの」

「本当？　神様の森がまだ残っているの？」

目を丸くするアリーシェに、ファナはにっこり笑った。

「はい。実は森の一部はこのロジェーラとの国境にも接しています。でも森には誰も近づこうとしません。神域だからというより、入ったら必ず迷って外に出られない危険な場所だからです。『魔の森』とも呼ばれています」

「魔の森……？」

「シュレンドル帝国では『神の庭』と呼ばれていますね。ですが、森には危険な獣が住んでいて、襲われることもあるそうです。あの森を自由に出入りできるのは皇帝に認められている『隠者』と呼ばれる人物だけだとか」

「隠者……」

「隠者様は誰とも交流することなく、森の奥深くにたった独りで住んでいるのだそうです。

なんでも皇帝陛下から任命されて、神域の管理をしているとか。でもそのお姿をちゃんと見た者はおりません。なぜなら隠者様は黒いフードを被り、決してその顔を人前に晒さないとされているからです。噂によると、もう何百年も生きているとか、失われた神の御業を使えるとか。森に入って迷っても、運よく隠者と出会えれば出口を教えてもらえるそうですよ。まぁ、これもあくまで噂に過ぎませんけれど」

「隠者、神の森。すごく神秘的ね。叶うことなら、いつかこの目で見てみたいわ」

「きっと叶いますとも」

目をキラキラさせて話すアリーシェと微笑むファナとは逆に、二人の話を聞いていた乳母のメアリアは悲しげにそっと目を伏せた。幽閉されているアリーシェが森を目にすることはないと分かっているからだろう。

もちろんアリーシェにも分かっている。幼い頃は何も知らなかったアリーシェだが、長ずるにつれ自分の置かれている立場や離宮に閉じ込められている理由がなんとなく理解できるようになっていたからだ。

「そろそろ眠くなってきたかも。ファナ、お話ししてくれてありがとう」

「どういたしまして。ゆっくりお休みください、姫様」

「うん。おやすみなさい、メアリア、ファナ」

アリーシェは目を閉じて寝たふりをする。しばらくするとメアリアとファナは灯りと共に寝室をそっと出ていった。

二人の気配がなくなったのを確認すると、アリーシェは目を開けて自分の額にそっと触れた。

花の形をした痣。不吉な証だとも悪魔の印だとも言われている痣。

——この痣がある限り……ううん、たとえ痣がなくてもきっと私はいらない王女で、閉じ込められたまま……。

父のキースタインは一度も離宮を訪れたことがない。アリーシェの母親の死後に迎えた新しい王妃との間にすぐに第二王女が、その二年後には待望の跡取りの王子が誕生したことで、彼はすっかり不遇の第一王女のことを忘れてしまった。

思い出すのは、外国の手前しかたなく第一王女を公の場所に出さなければならなくなった時だけ。その時も不快だと言わんばかりにアリーシェを見る。これは三歳年下の異母弟も同じだ。

義理の母にあたるエメルダ王妃と異母妹のモニカはもっと露骨だ。普段はアリーシェを居ない者として扱っているくせに、年に数回公の場に引っ張り出されるアリーシェに陰で嫌がらせをする。賓客の前だというのに何の役にも立たない王女だと貶し、アリーシェを笑い者にするのが常だ。

『本当、アリーシェ王女はいつまで経っても不作法で。見苦しいものをお出ししてしまって申し訳ありません、みなさま』

『お姉様の髪は相変わらず汚らしい色ね。まぁ、病弱でベッドからめったに出られないお姉様にはお似合いの色ですけど。土の色だものねぇ？』

アリーシェは公の場に出る時はいつも長いベールを被り、頭と顔を覆っている。そのため髪の毛もほとんど隠されている状態なのだが、それをいいことに、綺麗なはしばみ色の髪を『土の色』といつも蔑んでいた。ベールで隠されたアリーシェの髪の色も瞳の色も父親であるキースタインと同じ色であるというのに。

そのキースタインは冷遇している娘の髪が自分とまったく同じ色であることを知ることなく、王妃とモニカ王女、それに異母弟の王太子が美しい金髪であることを自慢している。

――私にはお母様だけ。父親はいないのだわ。

それを辛いと思うこともあったが、十歳で初めて公の場に出された時から、アリーシェは彼らに何も期待しなくなっていた。

――私の家族はメアリアや、ファナ、それにトムス爺様だけだもの。

三人がいれば、アリーシェには十分だ。

父親に無視されようが、エメルダ王妃たちに蔑まれようが、ファナ以外の侍女に気味悪がられようが、どうでもいい。

彼らと静かに暮らせるのであればアリーシェは何も望まない。何も。

……けれど、運命は非情だ。

十四歳になったある日、アリーシェは父親に呼び出され、自分が聖帝の妃候補となったことを知らされた。

「私が、聖帝の……？」

二年前、シュレンドル帝国の皇帝は十八歳になったばかりの皇太子サージェスに位を譲った。神の御子、初代皇帝の生まれ変わりと言われているサージェスはその呼び名の通り聖なる皇帝、すなわち聖帝になったのだった。

「うむ。聖帝は現在二十歳。元来シュレンドル帝国の皇族が他国から伴侶を娶ることはめったにないが、聖帝は別らしい。他にも何人か候補がいるらしいが、これは我が国にとって、シュレンドル帝国と姻戚(いんせき)関係になれる絶好の機会だ。役立たずだとばかり思っていたお前がまさか聖帝の妃候補になれるとは。前宰相の言う通り、お前を生かしておいてよかったな」

国王キースタインは上機嫌だった。小国であるロジェーラがまさかこれほどの幸運に恵まれるとは思っていなかったのだろう。

「お前が十六歳になったら、シュレンドル帝国から迎えが来るそうだ。その後、候補者の中から妃が選ばれるらしい。いいか、必ず聖帝を射止めるんだぞ」

　思いもよらない話に戸惑うアリーシェをよそに、キースタインは側近たちに準備をするように命じた。

「教師の数を増やせ。今のままではとてもじゃないが聖帝の目に留まるとは思えんからな。服もさすがにエメルダやモニカのお下がりではまずいだろう。即刻新しく仕立てるように手配しろ」

「はい」

　気持ちがおさまらないのが現王妃のエメルダだ。自分の娘を差し置いて、取るに足らない先妻の娘が大国の皇帝の妃候補になるなど許せるはずがなかった。

「陛下！　あんな不吉な痣のある娘をシュレンドル帝国に向かわせるなんて本気ですか？　それこそロジェーラの恥となりましょう！」

「いや、だが、シュレンドル帝国では痣を持って生まれた者を大切にすると――」

「それは庶民の話でしょう!?　常識で考えてくださいませ。シュレンドル帝国の皇帝ともあろう方が顔に痣のある娘を選ぶはずがありません。妃候補として差し出すのはアリーシェではなくモニカにするべきです！」

　エメルダ王妃に詰め寄られたキースタインはたじたじとなった。他人の意見に流されやすいキースタインは、我(が)の強い王妃にすっかり尻に敷かれているのだ。

「だ、だが、これはシュレンドル帝国からの要請で……」

「アリーシェが選ばれたのは第一王女だからでしょう！　それが第二王女に代わるだけです。何も問題はありません。それにシュレンドル帝国だってろくに後見人もいない娘より次期ロジェーラ王となる王太子と同腹であるモニカが来た方がいいに決まっています！　モニカならあの美しさで必ずや聖帝を虜にしてくれるでしょう」

「それは確かにそうだが……」

「陛下、さっそくシュレンドル帝国に妃候補変更の連絡を取ってくださいませ！」

アリーシェは二人が話に気を取られている隙にそっと国王の執務室から出て行った。部屋にいた側近はさすがにアリーシェが抜け出したことに気づいただろうが、呼び止める声はなかった。

――私が聖帝の妃候補に？

もし聖帝の妃に選ばれたら、この大陸で一番地位の高い女性になれる。面と向かってアリーシェを蔑む者もいなくなるだろう。けれどアリーシェに喜びはなく、ただただ困惑するだけだった。

――辺境の地に住む歳の離れた貴族のもとに厄介払いするように嫁がされると思っていたのに、聖帝だなんて……。

聖帝にまつわる神秘には憧れるが、アリーシェは自身が聖帝の隣に立つなど想像したこともなかった。

「おめでとうございます、姫様」

離宮に戻ると、話が伝わっていたのかメアリアとファナが笑顔で出迎えた。

「おめでとう、なのかしら？」

困ったように笑いながら二人の手を借りてお下がりのドレスを脱ぎ、いつものワンピースを身に着ける。

「おめでとうですよ。シュレンドル帝国に行けば姫様が見たがっていた『神の森』を目にする機会があるかもしれませんし」

「確かに森は見たかったけれど……でも、シュレンドル帝国にはきっと私ではなくてモニカが行くことになると思うわ」

アリーシェは執務室で見聞きした国王と王妃のやり取りを二人に語った。メアリアが苦笑する。

「その光景が目に浮かぶようですね。陛下はエメルダ様に頭が上がりませんから……。でもシュレンドル帝国が決めたことをこちらから覆すのは難しいと思いますよ」

ファナも同じ意見のようだった。

「はい。シュレンドル側からモニカ殿下に変更しろと要請があったのならともかく、弱い立場のロジェーラからの変更を簡単に受け入れるとは思えません。一度は姫様がシュレンドル帝国に行くことになると思います」

「そうね……」

これでまたエメルダから恨まれることになりそうだと思うとアリーシェは憂鬱な気分になった。

「……私は今のままでもいいのに」

「姫様。どのようなことになろうとも、ここに幽閉されているよりはシュレンドル帝国に行く方がきっと姫様のためになると思います。今までは本や話の中で想像するだけだったものが、ご自分の目で見ることができるのですから」

「ファナ……。そう、そうね」

アリーシェは頷くと、おずおずとした様子でメアリアとファナを見た。

「あの、もしシュレンドル帝国に行くことになったら、二人ともついてきてくれる？」

二人と引き離されるのであれば、シュレンドル帝国には行かない。そんな思いを込めて尋ねると、二人はにっこりと笑った。

「もちろんですとも。このメアリア、亡き王妃様の分まで、いつだって姫様のお傍におります」

「私もです。シュレンドル帝国を見られる機会を逃すわけにはいきませんわ」

「メアリア、ファナ、ありがとう」

ホッとしたようにアリーシェは微笑んだ。

——できればトムス爺様も連れて行きたいわ。庭師を連れて行くことは難しいかしら？

そんなことを一生懸命考えていたアリーシェは、メアリアとファナが視線を交わしながら何かを確認するように頷いていたことなど知る由もなかった。

聖帝の妃候補の話を聞かされてから二日後の夜。アリーシェの住む離宮はとつぜん襲撃された。

それはアリーシェが就寝してほどなくのことだった。

侵入してきた賊(ぞく)は二人だ。離宮の入り口には警備兵がいたにもかかわらず、争う声も音もなく覆面(ふくめん)をした二人組の男が現れたのだった。

誰が賊を放ったのか、それは警備兵が止めなかったことと、二人組の持つ剣がロジェーラ軍から支給されたものだということで明らかだった。

「姫様、お逃げください！」

賊の侵入をトムス爺に知らされたメアリアとファナは、アリーシェの寝室にすぐさまおもむいた。

「エメルダ様が放った刺客です。すぐにここから逃げましょう！」

「は、はい」

メアリアがアリーシェの着替えを手伝っている間に、ファナがベッドの下から袋を取り出した。それはあらかじめこの事態を予測してメアリアたちが用意しておいたものだった。

「さぁ、急いで。賊に見つからないうちに」

二人に促されて混乱したまま部屋を出たアリーシェだったが、運が悪いことに裏口から出ようと向かった廊下で賊と鉢合わせしてしまった。

「待て！」

「これでも食らいなさい！」

剣を手に追ってくる賊の一人に、ファナが持っていたランプを投げつける。賊はそれを剣で叩き割るが、割れたガラスの間から飛び散った油が身体に降り注ぎ、そこに火種が落ちてたちまち炎が広がった。

「ぎゃあああああ！」

賊の一人が火だるまになって床を転がる。もう一人の賊は、火だるまになることからは逃れられたが、仲間を助けることなく舌打ちしてアリーシエたちを追いかけ始めた。

賊の――いや、鍛えられた兵士の足に女性が敵うはずもない。すぐに追いつかれてしまい、男は逃げるアリーシェの背中に向けて剣を振り上げた。

「姫様！」

とっさにアリーシェを庇うように割り込んだメアリアの背中を剣先が斬り裂いていく。

「あっ……！」

「メアリア！」

振り返ったアリーシェは悲鳴を上げた。糸が切れた人形のようにその場に崩れ落ちたメアリアだったが、アリーシェの方に向かおうとする男の足を摑んでなおも妨害する。

「くそっ、放せ！」

男は振り払おうとするが、メアリアは最後の力を振り絞って男の足に縋りついていた。

「ファナ！　姫様を頼みます。姫様、生きてください！　きっと希望が……」

「メアリア。いや、メアリア！」

アリーシェはとっさにメアリアのもとへ駆け寄ろうとしたが、ファナが腕を取って強引に出口へ引きずっていく。

「待って、待ってファナ！　メアリアが！」

「いいえ、メアリアさんの献身を無駄にするわけにはいきません！　姫様は無事にここから出て生きなければならないんです！」

男はアリーシェたちを追うために、縋りつくメアリアに向かって剣を振り下ろそうとした。だがそこでまたもや妨害が入る。いつの間に来ていたのか、トムス爺が大きなスコップで男の後頭部を殴りつけたのだ。

「トムス爺様ぁ！」

「行きなさい、姫様。ここはわしにまかせて。ファナ、頼んだぞ」

男は殴られて吹き飛ばされたものの、気を失ったわけではない。立ち上がり、トムス爺に剣を向けたところでアリーシェの視界から彼らの姿が消えた。

裏口にたどり着いたのだ。

「トムス爺様、メアリア！」

「姫様、二人の気持ちを無駄にしてはなりません」

ファナの言葉にアリーシェはグッと唇を噛みしめた。

――そうよ、メアリアもトムス爺様も私を生かすために……。

アリーシェは涙を呑んで走りだした。生きるために。離宮から遠ざかるために。

暗闇の中、ファナと手を取り合って走りながら、ふとアリーシェは後ろを振り返った。トムス爺とメアリアが賊を振り切り、後ろに続いてきているのではないかと心のどこかで期待しながら。けれどアリーシェの目に映ったのは、夜の闇の中、オレンジと赤に染まり黒煙を上げる建物だった。

「あっ……」

離宮が燃えていた。おそらく火だるまになった男から建物に火が移ったのだろう。

「ああっ……」

燃える。アリーシェの小さな世界が。壊れてしまう。何も残らなくなる。

「あ……、ふっ、くっ……ぅ」

こみ上げてくる慟哭を歯を食いしばってこらえながら、アリーシェは目に焼き付けるかのように燃える炎をいつまでも見つめていた。

＊＊＊

それから後のことは、途切れ途切れの記憶しか残っていない。

火事で大騒ぎになっている隙にアリーシェはファナと共に城を脱出して、シュレンドル帝国との国境の村に向かった。

「エメルダ王妃が自分の娘を聖帝の妃にするために、いずれ姫様の命を狙うことは予測できていました。だから、メアリアさんとトムス爺と協力して姫様を城から逃がす計画を立てていたんです」

こうなることを予測していたファナたちは、アリーシェを脱出させてシュレンドル帝国に助けを求めるために動いていたのだという。

「その準備がようやく整ったばかりだったんです。ですが、予想以上にエメルダ王妃の動きが早くて。メアリアさんたちを助けることができなくて、申し訳ありません」

「いいえ、ファナ。あなたのせいじゃないわ」

――そう。すべては私のせい。私のせいで二人は……。

二人がどうなったのか、もはや知る術はない。生きているのか死んでいるのか。アリーシェにできるのは二人が望んだように自分が生き延びることだけだった。

――どうして、どうしてこんなことに。

そんな思いを呑み込んで、アリーシェはファナに導かれるまま国境の村に向かう。

アリーシェの髪は最初に泊まった宿で短く切ってもらった。アリーシェの顔を知る者は誰もいないし、はしばみ色の髪などどこにでもある髪色なのだが、念のためだ。

貴族の子女は髪を長く伸ばすのが普通なので、短くしている女性はまず平民だと思ってもらえるのだという。

「綺麗な髪でしたのに申し訳ないですわ」

肩先で切りそろえた髪に触れていると、ファナが申し訳なさそうに言った。

「いいえ、放っておけば髪はまた伸びるもの」

二人は親戚を頼ってシュレンドル帝国に向かっている姉妹という設定で旅をしていた。あらかじめ準備していたというのは本当らしく、ファナがアリーシェのベッドの下から取り出した袋にはお金と検問所を通るための許可証が入っていた。

「本当は、トムス爺とメアリアさんと私と姫様の四人家族でシュレンドル帝国に移住するという設定で用意したんです。……でも、お祖父さんとお母さんは亡くなってしまったということにするしかありませんね」

旅は順調だった。心配していた痣のことも、ファナが用意してくれたおしろいでごまかせるし、前髪で覆ってしまえば誰にも気づかれることはなかった。

城を脱出して五日後、乗合馬車を乗り継いだ二人は何事もなく国境にある検問所にたどり着くことができた。

けれど、幸運はここまでだったようだ。

厳しいチェックを受けるのはシュレンドル帝国側の検問所で、ロジェーラ国側では書類に判を押すだけだと聞いていたのに、何人もの兵士が国を出ようとする人々を見張っていたのだ。

チェックも厳しいようで、とても時間がかかっている。商人などはすべての荷物を開けられて確認されているらしく、検問所では長い列ができていた。

検問所の列に並び、様子を窺っていると、女性は特に書類に怪しい箇所がなくても別の場所に連れて行かれることに気づいた。

「……マズイですね」

ファナが緊張した顔で呟く。

兵士たちが探しているのは間違いなくアリーシェだろう。どうやらシュレンドル帝国に行くであろうことを想定して待ち構えていたようだ。

「……姫様、ひとまず列から抜けて日を改めましょう」

「ええ」

このままでは痣に気づかれてすぐにバレてしまいそうだ。

二人は検問所へ続く列から抜けて国境の村に戻ろうと乗合馬車がある方へ向かった。その途中、検問所にいた兵士たちが二人を指さしながら向かってきていることに気づく。どうやら兵士たちは列までも監視していたようで、抜けたアリーシェたちを怪しんでいるようだ。

「姫様、逃げましょう」

ファナはアリーシェの腕を摑んで走り始めた。兵士たちが慌てたように追いかけてくる。まだ距離はあるものの、いずれは追いつかれてしまうだろう。

——そうなったら、ファナだけでも絶対に無事に逃がさないと。

アリーシェはトムス爺もメアリアも救うことができなかった。だからファナだけでも生きていてほしかった。

林の中に逃げ込むと、ファナはアリーシェの手に袋を押し付けた。

「姫様、この袋を持ってください。この中にはシュレンドル帝国のルーウェン卿宛ての紹介状が入っております。ルーウェン卿はシュレンドル帝国の中枢におられるお方。きっと姫様を保護してくださるでしょう」

「ファナ？」

　決意に満ちたファナの表情にアリーシェは嫌な予感を覚えた。

「何を……何を言っているの、ファナ？」

「この林の中をこのままずっと五キロほど行けば『魔の森』があります。境を見失わずに森を迂回できれば検問を受けずにシュレンドル帝国にたどり着けるでしょう。ですが、もし追われて危険だと思ったら森の中に飛び込んでください。きっと姫様なら『神の庭』に受け入れられるでしょう。隠者様が姫様を見つけて力になってくださいます」

「待って、ファナは？　ファナはどうするつもりなの？」

　ファナはにっこりと笑う。

「私のことはご心配なく。この姫様の髪で作ったカツラをマントで覆えば……ほら、この通り」

　いつの間にか、ファナは切ったアリーシェの髪でカツラを作っていたようだ。そのカツラに長いマントを被せてファナは胸のあたりで小脇に抱えた。

「遠目なら、私が姫様の姿を隠しながら逃げているように見えるでしょう？　ここでしばらくじっとしていてください。私が追っ手を引きつけますから、姫様は追っ手の気配が消えるのを確認して森に向かうのです」

「そんな、そんなっ」

何ということだろう。ファナは自分を囮（おとり）にしてアリーシェを逃がすつもりなのだ。役立たずで泣くことしかできないアリーシェを助けるために。

「二人で何とか逃げましょう、ファナ！」

「いいえ。このままだと逃げてもいずれ追いつかれてしまいます。これが最善の方法なのです。大丈夫、死ぬつもりなどありませんから」

ファナはにっこりと笑った。

「姫様。姫様にお仕えできて幸せでした。何としても生き残って幸せになってください。それだけが私やメアリアさんたちの願いです。ああ、そろそろあいつらが来そうです。では、姫様。いつかまたお会いできるその時まで」

言うやいなや、ファナはアリーシェのカツラを包んだマントを抱きかかえたまま林から飛び出した。

「ファナっ……」

すぐさま「いたぞ、逃がすな！」という大声が聞こえてくる。ファナのくれたチャンスを自分で潰すわけにはいかなかった。呼びとめたいのをこらえてアリーシェは唇を噛みしめてその場にうずくまる。

涙がどっと溢れて止まらなかった。

——ああ、どうして？　どうして？

鎧を着ているせいか、重そうな複数の足音がアリーシェの隠れる木々の傍を通り過ぎていく。アリーシェは顔を覆って嗚咽をこらえた。

しばらくして人の気配が完全に途絶えたのを確認すると、アリーシェは袋を抱えてのろのろと立ち上がった。身を潜めて林の中を進む。

——捕まってたまるものですか。

メアリアやトムス爺、そしてファナのために何としても生きなければならない。そう決意して歩を進める。

涙を流しながらアリーシェは歩き続けた。一時間半ほど進み、丘陵地帯にさしかかったところで林が途切れる。

丘に上って周囲を見渡したアリーシェの目が、丘陵地帯をまるで分断するかのように覆っている深い緑の絨毯を捕らえた。

もちろんそれは本物の絨毯ではない。森だった。視界の先、はるか地平線まで続く緑が大地を覆っている。

「これが……神様が降臨したという、始まりの森……」

アリーシェは感嘆のため息を漏らした。いつか見てみたいと願った神話の世界がそこに広がっている。

――ファナ。ファナ。私、『神の庭』をこの目で見ているわ。私がどれほど感動しているか、あなたに伝えたかったのに。

だが感傷にふけっている暇はなかった。森とは反対の方から、こちらに向かってくる複数の人影が見えたからだ。

遠目のため、その人影が追っ手なのか、それともこの近くに住む人なのか判別はつかない。けれどもはっきりわかるまでここにいるつもりはなかった。

「森へ、森へ入ろう」

アリーシェは丘を駆け下りて森に向かった。

ファナは森を迂回してシュレンドル帝国に向かうように言っていたが、もしあの人影が追っ手の兵ならすぐに追いつかれてしまうだろう。

「森へ。森に入って身を隠せば――」

息を切らしながら森の入り口にたどり着いたアリーシェは、迷わず中に入っていった。

しばらく歩いたところでアリーシェは足を止める。荒い息をつき、少しだけその場にとどまって息を整え、来た道を振り返る。誰かが追ってきている気配はない。

――もし追っ手だったとしてもきっと諦めたのだわ。だってここは『魔の森』だもの。

ここがどういう森か、アリーシェはファナから聞いて知っている。シュレンドル帝国では『神の庭』として尊ばれている場所だが、ロジェーラでは『魔の森』と呼ばれていること。入ったら道に迷い、二度と出てこられないかもしれない場所であること。そして獣が多く住んでいて、大変危険な場所であることも。

「とりあえず、さっきとは違う出入り口を見つけられれば……」

アリーシェは袋を抱えて歩き始める。けれど十分も歩かないうちに、木々の間から赤く光る眼がいくつも覗いていることに気づき、アリーシェは足を止めた。

――もしかして、獣……？

心臓がバクバクと鳴り響く。アリーシェは獣の気配がない方へ向かって小走りに進んだ。けれど少し行ったところで、またもや獣たちに囲まれていることに気づいて足を止める。

その繰り返しだった。襲ってくることはないが、何頭もの大きな獣がアリーシェの後をつけてきている。彼らのいなそうな方向に行っても、すぐに囲まれてしまう。

ふいに、アリーシェは袋がないことに気づいた。恐怖にかられて逃げ惑っているうちにどこかで落としてしまったようだ。

アリーシェは泣きたくなった。せっかくファナたちが用意してくれたのに、もうこれでシュレンドル帝国に着いてもどうにもならなくなってしまった。

「……ごめんなさい、みんな」

自分に失望し、アリーシェはその場にぺたんと座り込んだ。獣に囲まれていることに気づいていたが、もうどうでもよかった。

——生きなさいって言われたけれど、私にはもう生きる意味はないの。

聖帝の妃なんて望んでいない。アリーシェが望んだのはたった一つ。自分を大切にしてくれるメアリアたちと一緒にいることだけだ。

けれどそんなささやかな願いすら叶わなかった。アリーシェの手に大切なものは何一つ残されていない。もう、何一つ。

——このまま死んでもいいわ。死ねばお母様のもとへ行けるのだもの。

項垂れながら、アリーシェは獣の爪が自分を引き裂くのを待った。

ところが、いつまで経っても獣は寄ってこなかった。木々の間からじっとアリーシェを見ているだけだ。

不思議に思って顔を上げたアリーシェは、獣とはまた違った気配を感じてハッとした。

慌てて振り返ったアリーシェの目に飛び込んできたのは、真っ黒なローブだ。頭の先から爪の先まで黒いローブに身を包んだ背の高い人間が、アリーシェのすぐ真後ろに立っていた。

顔はフードで隠れているのでよく分からない。けれど背格好からして男性なのは明らかだった。

——まるで本に出てきた死神みたい。

全身真っ黒な装束だ。白い部分があるとすれば、彼の肩に止まっている小鳥だけだ。

「霊獣たちがやけに騒ぐから来てみれば……侵入者はお前か」

　ローブ姿の男が口を開く。

「襲われていないところを見ると、敵意はないようだな。それと、これはお前のものだろう？　霊獣たちが拾って届けにきたぞ」

「これ……？」

　聞き返したアリーシェは、そこで初めてローブ姿の男性が手にしているのが先ほど落とした袋であることに気づく。

「わ、私のものです。ありがとうございます」

　困惑したまま袋を受け取ると、アリーシェはぎゅっと胸に抱きしめた。

「悪いが中を検(あらた)めさせてもらった。ああ、検めただけで何ひとつ手を付けていないから安心しろ」

「は、はい」

　どうやら追っ手ではないようだ。アリーシェは小さく安堵のため息をつき、立ち上がった。その拍子に前髪がふわりと揺れて隠していた痣が露わになる。けれどアリーシェはその事に気づいていなかった。ローブ姿の男性がその痣を見て息を呑んだことも。

「あの、ありがとうございます。その、獣に追い立てられるようにしてこんなところまで入ってきてしまいました……」

「そうか……」

急に男が黙り込む。何か思案しているようだ。

アリーシェはその隙に男性の全身に視線を走らせた。

――もしかして、この方は……。

「あ、あの、あなたはもしかして……隠者様、ですか？」

森にただ一人住んでいるという隠者。シュレンドル帝国の皇帝からこの森の管理を任された、神域の管理者。

「……ああ、そうだ」

男性は手を伸ばしてフードを払う。白髪の老人が現れるのかと思いきや、そこから出てきたのは予想以上に若い男性だった。

歳は二十歳くらいだろうか。長い黒髪を無造作に後ろで括っている。瞳は金色で、感情の読めない視線をアリーシェに向けていた。

――なんて綺麗な男性なのかしら。

精悍（せいかん）というより綺麗といった感想が最初に浮かんだ。けれど、決して女性には見えない。

「自分からそう名乗ったことはないが、隠者と呼ばれている。この森の管理者だ」

「やっぱり……」

――ああ、私は今、神話の存在を目にしているのだわ。

「本来であればこれだけ奥に入り込んだら二度と出られないが、お前は運がいい。霊獣どもに気に入られたようだ」

するど突然、隠者の肩に止まっていた小鳥が「チュン、チュン」と鳴きながら羽をパタパタさせた。隠者は少しだけうんざりしたように呟く。

「自分も気に入った、だって？　そうか、よかったな」

気のない口調で応じた隠者は、アリーシェを見下ろした。

「お前一人か？　他の者は？」

「……いません」

俯くアリーシェを見て、どうやら訳アリだと分かったようだ。隠者は小さくため息をついた。

「お前の紹介状にあったルーウェン卿は顔見知りだ。だからお前が望むならシュレンドル帝国側の村の入り口まで案内しよう。そこの村長は信頼できる男だから、お前をきちんとルーウェン卿のもとまで送ってくれるに違いない。だが……それが本当にお前の望むことか？」

アリーシェはハッとなった。

――私の望み。私の願い。それは……。

「即答しないということは迷っているようだな。ならばしばらく考える時間を与えてやろう。お前、名前はなんと言う？」

「名前？　アリー……」

　アリーシェと言おうとして言葉が止まる。アリーシェという名前は珍しくもないが、念のため本名は言うべきではないだろう。

「アリー。私はアリーと言います」

「アリーか。ならばアリーよ。住む場所を与えてやるから、しばらくこの森に留まり、俺の仕事を手伝うがいい。見たところまだ子どものようだ。成長していくうちに自分の進みたい道が見つかるだろう。どうだ？」

　――隠者様の仕事を手伝う？

　思いがけない道を示されてアリーシェは心底驚いていた。けれど、答えは考えるまでもない。

　――私は自分が生きる意味を見つけ出したい。

　隠者の黒い目をじっと見上げながらアリーシェは頷いた。

第2章　神の森の隠者

「魔の森」あるいは「神の庭」とも呼ばれる森の外れにその小屋はあった。

外見は木で作られたただの狩猟小屋で、中は小さな寝室と居間兼キッチンがあるだけの、ふつうの小屋である。

小屋の周囲に広がる小さな畑には色々な種類の野菜や果物が植えられている。きちんと手入れがされている様子や、煙突から小さな煙が上っていることから、小屋に人が住んでいるのは明らかだった。

ギィと音を立てて小屋の扉が開く。出てきたのはアリーことアリーシェだった。

この森に迷い込んだ時はまだ子どもと言ってもいいような年齢と外見だったアリーシェも、あれから二年が経ち十六歳になった今は、少女らしさを残しながらもすっかり女性らしく成長していた。

アリーシェは小屋を出てスタスタと畑の端に向かいながら、肩にのっている小鳥に話しかける。

「ヴィラント、この間あなたがどこからか運んできてくれたブルーベリー、畑に植えたものが育ってそろそろ実をつけているはずよ。ソースにしてパンケーキにかけたら、きっとすごく美味しいと思うの。ジャムにしてもいいし……。ああ、もちろんヴィラントには生の実をたっぷりあげるからね」

「チュチュ！」

小鳥は嬉しそうに鳴くと、アリーシェの肩の上で羽をバタつかせた。

ヴィラントは白くてふくふくな羽毛と黒いつぶらな瞳を持つ可愛らしい小鳥だ。愛らしいだけではなくとても賢くて、アリーシェの言葉も分かるようだった。

元々は隠者が飼っていた鳥なのだが、森の中で生きていく知識がないアリーシェを補佐するために今は彼女の傍にいる。

――この森に住む動物はみんな賢いけれど、その中でもヴィラントは群を抜いている気がするわ。

動物と会話ができるらしい隠者と違い、アリーシェは霊獣たちの言葉はさっぱり分からないのだが、ヴィラントだけはなんとなく仕草や鳴き声の調子で何を言っているのか分かるような気がするから不思議だ。

十日ほど前にブルーベリーを植えた場所に行くと、予想通りにブルーベリーの木と葉がわさわさと茂り、ぷっくりと膨らんだ濃い紫色の実がいくつも覗いていた。実を傷つけないように摘まんで、手に提げている籠の中に入れながら、感嘆交じりの苦笑がアリーシェの口元に浮かんだ。

「毎度のことながら不思議よね。実を植えて十日もしないうちに収穫できてしまうんだもの」

すっかり慣れた現象とはいえ、この森の神秘には驚かずにはいられない。

人の言葉を解す鳥や霊獣たちだけではなく、森の土地そのものにも不思議な力があるようで、畑に実を植えるだけで季節に関係なく果実も野菜も十日ほどで収穫できるほど育ってしまうのだ。

トムス爺の手伝いで離宮の庭の手入れをしていたアリーシェには、これがどれほど異常なことかよく分かる。

けれど、それがこの「神の庭」と呼ばれる森では当たり前の光景なのだ。

――まるで物語に出てくる魔法のよう。トムス爺様がこの森を知ったらきっと腰を抜かすほど驚くに違いないわ。トムス爺様だけじゃなく、メアリアやファナが知ったら……。

大好きだった三人のことを思い出し、アリーシェの胸に悲しみが込み上げる。それに気づいたのか、身を乗り出して籠の中を覗き込んでいたヴィラントが急にアリーシェの首に甘えるように頭を擦りつけた。

「ピッ、ピッ」

まるで「自分がいるから悲しまないで」とでも言いたげな仕草だった。慰められたアリーシェはヴィラントの頭を人差し指で撫でながら微笑んだ。

「ありがとう、ヴィラント。私は大丈夫。だって今はあなたや隠者様、それに森の霊獣たちが傍にいてくれるもの」

――そう、あれから二年も経ったんだわ。いつまでも私が悲しんでいることをメアリアたちが望むわけがない。

「さて、必要な分は摘んだから、小屋に戻ってパンケーキを焼くわよ。そろそろ隠者様が来られるかもしれないから、少し多めに焼いて、残ったら明日の朝ごはんにしましょう」

「ピ！」

摘んだばかりのブルーベリーの入った籠を抱えて、畑を横切るアリーシェの頭の中はパンケーキのことでいっぱいだ。

――ソースを作っている間にパンケーキを焼いて。そうだわ。そろそろ小麦粉の在庫が心もとなくなってきたから、村に買いに行かないと……。

「ピュイ！」

急にヴィラントが甘えるような声を上げてアリーシェの肩から飛び立つ。ハッと顔を上げたアリーシェの目に映ったのは、小屋の戸口に立つ黒いフード付きのローブを身にまとった人物だった。

ヴィラントはその人物の肩に舞い降りると、「ピュロロロロ！」と鳴いた。

「……はぁ、お前の報告は食い物のことばかりだな」

どこかうんざりしたような口調で応じると、その人物は黒いフードを手で払う。現れたのは黒髪を無造作に一つに括った青年だった。

「隠者様！」

アリーシェの顔に笑みが浮かぶ。彼こそ、この「神の庭」と呼ばれる広大な森を管理する隠者だ。アリーシェの恩人であり、今は仕事の上司でもあった。

「いらっしゃいませ、隠者様」

走り寄ると、隠者は淡々とした口調でアリーシェに挨拶（あいさつ）した。

「アリー。半月ぶりだな。元気そうで何よりだ」

表情も言葉もそっけないものだったがアリーシェはまったく気にすることなく笑顔で応じた。

「はい。そろそろ隠者様がいらっしゃる頃かなと思っていました。中へどうぞ。今お茶を淹（い）れますね」

普段は独りで暮らしているアリーシェにとって、隠者の訪れは何よりも嬉しいものだった。いそいそと扉を開け、隠者を中に招き入れる。

生きる意味を見いだしたいというアリーシェに隠者が与えてくれた住処がこの小屋だっ

た。元は年老いた木こりが建てて住んでいたらしく、キッチンと寝室の二間しかないこぢんまりとした家だったが、人一人が生活していくには十分なものが備わっていた。アリーシェが住み始めた時にはすっかり荒れ果てていた畑も、その木こりが開墾したものだったらしい。

木こりは長らく隠者の仕事を手伝いながら、この小屋で一人で生活していたようだが、アリーシェがやってくる二年前――つまり四年ほど前に老衰で亡くなってしまったのだという。

『彼のように森に受け入れられる人間は貴重なんだ。なかなか後任が見つからなかったが、ちょうどいい』

隠者のこの言葉でアリーシェは木こりが建てたこの小屋と、隠者の仕事の手伝いを受け継ぐこととなった。

あれから二年。小屋での一人暮らしは大変だったが、ようやく慣れてきたところだ。

「……だいぶ腕を上げたな。最初の頃は泥水のようなお茶しか淹れられなかったのに」

椅子に座ってお茶を飲んだ隠者がボソッと呟いた。

小さな二人掛けのテーブルにはアリーシェの焼いたパンケーキにブルーベリーで作ったソース、それに二つのお茶が並んでいる。もちろん、ヴィラントのおやつも忘れていない。小皿に盛られたブルーベリーを小鳥が嬉しそうに啄んでいる。

アリーシェは隠者の言葉にほんのりと頬を染めた。

「だって、それはお茶を自分で淹れたことがなくて……」

お茶を淹れるどころか、自分で火を熾したこともなかった。

いくら幽閉されていたとはいえ、アリーシェは一国の王女だ。体裁を保つためか、使用人も用意されていたし、衣食住にも困ったことはなかった。喉が渇けばメアリアかファナがお茶を淹れてくれたし、食事もちゃんと用意されていた。自分で自分の世話をする必要がなく、ただ差し出されたものを享受していた。

それがどんなに贅沢なことだったか、今では身に染みて分かる。

『自分で自分の世話もできないのか？』

小屋に案内されてもどうしたらいいのか分からず途方に暮れるアリーシェに、隠者は呆れたように言った。

アリーシェは自分を恥じた。ファナとの逃亡生活の中で自分の服くらいは一人で身に着けられるようになったものの、できたのはそれくらいだけ。他は全部ファナに頼りっぱなしだったからだ。

――もっとファナに色々なことを習っておくべきだった。……うん、ファナに頼りきりじゃ、だめだったのだわ。

悔やんでも遅い。もうファナもメアリアもおらず、アリーシェは自分一人で生きていかなければならないのだから。

『知らないのなら今から覚えればいい。面倒だが拾った以上、俺にもお前が一人で生きていけるように仕込む義務があるからな』

隠者は何も知らないアリーシェに呆れたものの、決して馬鹿にしなかった。面倒くさそうにしながらも、火の熾し方や料理の仕方、掃除のやり方など色々なことをアリーシェに教えてくれた。

『誰だって初めてがある。俺だって最初は火を熾すことはできなかった』

教え方はかなり雑だったが、アリーシェは彼の教えを一つひとつ吸収し、色々と失敗しながらも習得していったのだ。

――隠者様は一見冷たそうだし、ぶっきらぼうだけど、とても優しくて面倒見がいい方なのだわ。

アリーシェ一人で生活できるようになっても、こうして時々様子を見に来てくれる。そしてアリーシェは彼と過ごすこの時間を楽しみにしていた。

「アリー。仕事の報告を聞こうか。この半月、森には何人やってきた？」

パンケーキを食べ終わった隠者はアリーシェに尋ねる。アリーシェは姿勢を正すと報告した。

「二人です。一人は怖いもの見たさで友だちと森に入ったものの、はぐれてしまった子どもでした。もう一人は薬草を探しに来たシュレンドル側の村人のようです。霊獣たちに追い立てられてすぐに森から出て行きましたよ」

アリーシェが森で生活するにあたって隠者から命じられた仕事は、迷い人を森の外に追い払うことだった。寝室にある姿見は魔法の鏡になっていて、森へ侵入してくる人物がいたら教えて映してくれる。アリーシェは魔法の鏡を使って周囲の霊獣たちに指示して森の外に追い返しているのだ。

霊獣はこの森に生息する獣たちのことだ。狼や狐や熊、兎や鼠など、あらゆる種類の動物がこの「神の庭」には住んでいるが、彼らは普通の動物ではなく「霊獣」と呼ばれる特殊な生物だった。

――最初見た時はびっくりしたわよね。狼のような肉食動物が兎などの草食動物と戯れているんだもの。

姿かたちは獣だが、彼らは肉や草木ではなく森に漂う神力と呼ばれる特殊な魔力を糧にしているようで、食べ物を巡って争う必要もないらしい。人の言葉が分かるようで、隠者やアリーシェにもとても忠実だった。

「そうか」

報告を聞いた隠者は机を指でトントンと叩きながら何か考えているようだ。しばらくすると、指の動きを止めてアリーシェを見る。

「ヴィラントの報告では、子どもを外に案内するためにお前が直接行ったそうだな」

咎めるような口調にアリーシェは首を竦めた。

「ごめんなさい。でもあの子、霊獣たちの姿を見て腰を抜かして動けなくなっていて……。あ、でも、ちゃんと隠者様のフリをしてフードを被っていったから顔は見られていません！」

五日前にこの森に迷いこんだ子どもは霊獣たちの姿を見てパニックになり、森の入り口とは反対の方向に駆けだしたあげく、途中で動けなくなってしまったのだ。こうなるともう霊獣たちを使って森の外へ導くのは不可能だと思ったアリーは子どもの所へ行き、怯える子どもを宥めながらなんとか森の入り口まで案内したのだった。

隠者は「ふぅ」とため息をつく。

「アリー、直接姿を現すのはだめだと伝えていたはずだ。恐慌状態になった人間はこちらを敵だと思い込んで攻撃してくることも多い。霊獣たちが守ってくれるといっても相手が武器を持っていたらどうするんだ」

「……で、でも、あの子、放っておいたらきっと森から出られなくなると思って……」

直接姿を現すことの危険性はアリーシェも分かっている。けれど、座り込んで親を求めて泣く子どもを放っておけなかったのだ。

「子どもだからといって油断するな。罠かもしれないだろう。とんだ惨事になっていたかもしれない。自分で自分の身を守れないお前は姿を現すべきではない。……分かったな？」

「はい……」

アリーシェはシュンとなって頷いた。隠者の言う通りなのだ。身を守る術を持たないアリーシェはこの小屋を離れるべきではなかった。

——それは分かっているけれど、でもあの子を助けたことは後悔していないわ。

『ありがとう、隠者様！』

安堵で顔をぐちゃぐちゃにしながらも笑顔で礼を言ってくれた子どもを思い出しながらアリーシェは思った。

——なるべく、この森で命を落とす人間の数を減らしたいと仰る隠者様のお役に立てたのだもの。

迷ったら出られないとされている「魔の森」だが、決してそのようなことはない。獣に追い立てられながらも生還した人もそれなりに存在する。この小屋に住んでいた木こりもアリーシェと同じ仕事をしていたそうだし、おそらく彼の手で何人もの命が救われていたはずだ。

「半月で二人か。いつもと同じくらいだな。外の情勢にはそれほど変化はないようだ」

隠者はひとりごつ。

彼が森に迷い込んできた人間を追い返すのは命を救うだけではなく、森の外の情勢を確認する意味合いもあるようだ。

　食べ物を求めて集団で森にやってくる時は飢饉が起こっている可能性が、薬草を探しに頻繁に入ってくるようだったらどこかで疫病が流行っているかもしれない。そういった情報を森へ侵入してくる人間を観察することで得られるのだという。

　だから隠者は小屋を訪れるたびに必ずアリーシェに追い払った人数や彼らがどういう理由で森に入ったのか確認してくるのだった。

「外の情勢はあまり変化がないようだが、引き続き侵入者には注意してくれ。ただし無茶はしないように」

　隠者はそう言って椅子から立ち上がる。

「戻られますか？」

「ああ」

「じゃあ、外までお見送りしますね」

　もう少し会話をしていたかったが我儘を言うわけにはいかない。

　──こうして時々様子を見に来てくださるだけでも、十分に気を配ってもらっているということなのだから。

　アリーシェとヴィラントは畑の端の所まで隠者を見送った。

「ではな」

振り返ることもなく隠者は森の中心の方向に消えていく。

森の中心には神が降臨した神域——いわゆる神域があるらしい。神域に足を踏み入れることができるのはシュレンドル帝国の皇帝一族と管理者だけで、隠者は神域でひとりで暮らしているのだという。

比較的自由に森の中を動けるアリーシェでも、まだ一度も森の奥には行ったことがない。隠者に禁止されているのだ。

『森の奥には行くな。いくらお前が森に受け入れられていても、神の力がまだ色濃く残っているあの地に足を踏み入れて無事でいられるという保証はない。過ぎたる力は人にとって猛毒のようなものだからな』

ヴィラントもアリーシェが森の中心に足を向けるたびに止めるので、隠者の言っていることは確かなのだろう。

——神域。神の降臨した場所。一体どういうところなのかしら？

興味はあるものの、アリーシェは禁を犯す気はなかった。厚意で住まわせてもらっているのだから、ルールには従うべきだろう。

——隠者様のことだって詮索（せんさく）するべきじゃないわ。そうでしょう？

隠者はアリーシェの身分や素性を尋ねたことはない。痣のことも気づいているはずだが、気にする様子もない。そのままのアリーシェを受け入れてくれている。

それがどれほどありがたいことだったか。

アリーシェにとって森での生活は大変だけれどとても楽しいものだった。ここでは誰もアリーシェの痣を気にしないし、酷い言葉で傷つけてくる者もいない。「不吉の印を持っている王女」でも「冷遇されている王女」でもなく、ただのアリーシェでいられる。

――ヴィラントと小屋で生活して、時々隠者様とお話しして。それだけで十分なの。できればこのまま静かにここで生活していきたい。

それが今のアリーシェの望みだ。

「さ、ヴィラント。戻りましょう」

「ピュイ」

アリーシェは明るい声でヴィラントに呼びかけて、小屋に戻って行った。

＊＊＊

翌日、遅めの朝食を取ったアリーシェは、寝室にある姿見の前で自分の姿をチェックしていた。

今日はラージャ村に行く日だ。

ラージャ村はロジェーラ側にある農村だ。小屋から最も近い位置にあり、地図にも載っていない小さな村だった。

この村に十日に一度、アリーシェは森で収穫した薬草を売るために出かけている。

森で生活していると野菜や果物には困らないが、肉や卵、それに小麦粉などの食べ物は手に入らない。日用品も同様だ。アリーシェではどうすることもできないものは買って手に入れるしかないのだ。

困ったアリーシェに隠者は、ラージャ村に薬草を卸してお金を手に入れることを提案した。木こりもそうやってお金を手に入れていたようだ。

定期的に薬草を売り、得たお金で村の雑貨屋などで必要なものを買っていたらしい。

『ラージャ村の連中は気立ての良い者たちばかりだ。あそこなら安心して必要なものを買えるだろう』

なんでも三十年ほど前に、ラージャ村で伝染病が流行した際、森に薬草を求めてやってきた村人から話を聞いた木こりと先代の隠者が村に大量の薬草を提供したことがあったらしい。おかげで村人は助かり、彼らは木こりと隠者に大いに感謝したとの話だ。

その縁があって、木こりは定期的に村を訪れては薬草を卸すようになった。森で育てられた薬草で作った薬は効きめがよく、とても重宝されていたという。

『だが木こりが亡くなって薬草の供給は途絶えていた。お前が薬草を卸すようになれば村も助かるだろう』

隠者の言葉の通り、彼に連れられておずおずと村を訪れたアリーシェをラージャ村の住民たちは大歓迎してくれた。

——人前に出るのは苦手だったけれど、ラージャ村の人たちはみんないい人たちでよかったわ。

最初は気おくれしていたアリーシェも、訪れるたびに少しずつ慣れていき、今では気軽に村に行けるようになっている。

けれど、一点だけどうしても気をつけなければならないことがある。

姿見を見ながらアリーシェは顔を顰めた。

いつものワンピースにマントを羽織っただけの姿は特におかしい点はない。なのに何を念入りに確認しているのかというと、痣がきちんと隠れているかどうかだった。

——村の人に痣を見られたくないもの。痣を見られて……嫌われるのは嫌。

離宮に送られてきた侍女たちがアリーシェの痣を見て顔を顰めたり、嫌そうな顔をしたりするのを、アリーシェは幾度も見ている。気のいい村の人たちにまであんな目で見られたくなかった。

「大丈夫、おしろいを塗ってごまかしているし、前髪で隠してもいるんだもの」

姿見の中でこちらを見返しているアリーシェには痣があるようには見えなかった。安堵しながらアリーシェは自分に言い聞かせる。

——大丈夫。上手にごまかせているはずよ……今はまだ。

気になるのは、二年前と比べて痣が濃くはっきりとしていることだった。昔は色も薄くて輪郭もぼんやりしていた痣が、森で生活するようになってからどんどん濃くなってきている。輪郭もよりはっきりしてきていて、ごまかすのがますます難しくなってきていた。

——そのうち、化粧でも前髪でも隠せなくなったら……。

不安で胸が潰れそうになるのを、アリーシェは無理やり抑えつけた。

——大丈夫。大丈夫。まだ大丈夫。

自分に言い聞かせると、アリーシェは薬草が入った大きなバッグを背負って小屋を出た。

小屋を出て森の入り口に向かって歩き始めると、どこからともなく狼型の霊獣が現れ、アリーシェの後ろをぴったりくっついてくる。

狼型だけではなく、ひょこっと色々な種族の霊獣が現れて、アリーシェの周囲を取り囲んでいく。

一見、異様な光景だろう。アリーシェの前や後ろをあらゆる種類の獣がついて回っているのだから。けれど彼らは決してアリーシェの邪魔をしているわけではなく、彼女が迷わないように導いてくれているのだ。

「ありがとう、みんな」

森の入り口まで来るとアリーシェは霊獣たちに手を振った。

霊獣は決して森の外には出ない。ロジェーラ国の民は危険な獣が森から出てくるのを警戒しているようだが、彼らは神力の届かない場所には行かないのだ。

――ヴィラントは別だけれど。

小鳥（ヴィラント）も霊獣のはずだが、森の外に出ても平気なようだった。いつもアリーシェの肩にのってラージャ村まで平気でついてくる。もしかしたらアリーシェを護衛しているつもりなのかもしれない。

「森の外だと霊獣たちに守ってもらえないから不安だけど、ヴィラントがいるから心強いわ」

「チュチュ！」

任せておけとばかりに胸を張るヴィラント。その姿は勇ましいというより可愛らしくて、つい頬が緩んでしまう。

「さて、村に行ってさっさと買い物をすませてしまいましょう」

アリーシェはラージャ村がある方角に向かって丘陵地帯を進んだ。

この辺りはロジェーラ国とシュレンドル帝国の国境地帯なのだが、検問所のあった場所とは違い、兵士が見張っていることもなかった。「魔の森」に出入りする人間はいないとされているからだ。

その代わり、ロジェーラ国側の村々には、森から人がやってくることがあれば領主に報告するようにというお達しが出されているのだが、ラージャ村の住民は一度としてその命令に従っていない。村が大変な時に薬草を届けてくれた隠者と木こりに恩があるのだ。そのため、ラージャ村の住民は木こりが「魔の森」からやってきていることを知りながら、表向きは「どこかの村から薬草を売りに来ている老人」として扱っていた。

ちなみにアリーシェは「亡き老人の孫娘」ということになっているらしい。

「こんにちは、アリー」

「アリーじゃないか。薬草を売りに来たんだね」

「ラナが首を長くして待っていたぞ」

村に到着すると、顔見知りの村人が通りすがりに声をかけてくる。

「こんにちは」

アリーシェも慣れた様子で挨拶を交わす。

「今日も新鮮な薬草を届けにきました。ラナの所へはこれから行くつもりです」

ラナというのはこの村唯一の薬屋の娘だ。彼女の両親が薬を作ったりしている間、店番をしているのがラナで、すっかり顔なじみになっていた。

「いらっしゃい、アリー。そろそろアリーが来てくれる頃かなと思っていたのよ」

「こんにちは、ラナ」

薬屋に到着すると、店番をしていたラナにさっそく笑顔で迎えられる。ラナはアリーシェより二歳ほど年上で、明るくて面倒見のいい女性だ。美人で気立てもいいので、村の若者たちに人気があるが、本人は親の跡を継ぐべく薬師としての修業に夢中で、結婚には興味がないらしい。

「そろそろ薬草の在庫が怪しくなってきていたから助かるわぁ」

カウンターの上に森で収穫した薬草を並べると、ラナがにっこり笑う。

「アリーの持ってきてくれる薬草から作る薬はよく効くから評判がよくて、すぐに売れてしまうの」

「そう言ってもらえると、私も嬉しいわ」

「最近ではどこから聞きつけたのか、王都で商売している商会の人も買い求めにくるから、いくらでも卸(おろ)してくれていいからね。あ、でも根こそぎ採るのはナシよ。生えなくなると困るもの」

「ふふ、分かってる。採りすぎないように注意しながら、次に来る時はもう少し多めに持ってくるわね」

アリーシェは顔を綻ばせた。陽気なラナにつられて、人見知りする性質のアリーシェですらつい笑顔になってしまう。

「お願いね。ええと、バズスの根とシュルベ草、それにグレーブ草がこれだけあるから……今日の買い取り価格はこれね」

「ありがとう」

ラナはアリーシェの持ってきた薬草をすばやく勘定して、小さな袋にお金をつめてアリーシェに渡した。いつもよりずっしりとした重さのある袋を受け取ると、アリーシェはしっかりとバッグに仕舞った。

「ところでラナ。王都での噂とか新しい事件とか聞いてる?」

さりげなくアリーシェはラナに尋ねた。

なるべく人を避けたいと思っているアリーシェが定期的にラージャ村を訪れるのは、なにも買い物をするためだけではない。王都で起きていることや噂などの情報を得るためでもあった。

――単なる噂でもいい。生死不明になっているメアリアやファナ、それにトムス爺様に関する話が流れてくるかもしれないもの。

森にいるだけでは三人の情報を得ることは不可能だ。ラージャ村は王都からだいぶ離れているので、ここまで情報が入ってくることは少ないが、それでも何とか希望を繋げたかった。

「ああ、それなら、ちょうど王都で商売している商会の人が昨日いらしたから、少し話を聞いたわ。モニカ王女様の十五歳の誕生パーティーがお城で開催されるみたいよ。こんな田舎に住んでいる私たちには関係ないけどね」

「そ、そうね」

久しぶりに異母妹の名前を聞いてアリーシェは一瞬だけ身を硬くさせたが、顔には出さなかった。ラナの言う通り、お城で王女の誕生日を盛大に祝うという話は商人にとっては稼ぎ時で重要なのかもしれないが、庶民にはまったく関係のないことだ。

──そう、私にももう関係がないことだわ。

城で自分の誕生日を祝ってくれたのが、メアリアとファナとトムス爺だけだったということも、今では遠い記憶だ。

「他に何かあるかしら」

「あとは、そうそう。うちに薬を仕入れにくる商会の人、アルフさんって言うんだけど、そのアルフさんがね、騎士たちが王都中を、痣のある女性を探してまわっているって言っていたわ」

「…………え？」

ラナの言葉にアリーシェは息を呑んだ。

──いま、なんと言っていた？　痣のある女性を騎士たちが探している？

「アルフさんの商会にも騎士が訪ねてきたんですって。十六歳前後の痣がある女性に心当たりはないかって。でもね。どういう理由で探しているのか、その女性が何をしたのかは騎士たちは教えてくれなかったそうよ。詮索するなと釘を刺されたみたい。一体何なのかしらね？」

……不思議そうに首を傾げるラナに、どういう言葉を返したのか、アリーシェは覚えていない。気づいた時には店の外にいて、自然と顔なじみの雑貨屋の方に足が向いていた。きっと無意識にいつもの行動をしていたのだろう。

アリーシェは激しく動揺しながらも雑貨屋で必要なものを購入すると、足早に森に向かった。

「ピー……」

ヴィラントが心配そうにアリーシェを見ていたが、それに気づく余裕もなかった。一刻も早く安全な森にたどり着きたかった。

——私だ。城の騎士たちは私を探しているんだわ！

痣のある十六歳前後の女性など、そう多くはない。ましてや騎士たちが探すとなれば……。

——でもどうして？　この二年間、探している様子はなかったのに。今さら、なぜ？

国境の検問所では追いかけられたが、あれ以降騎士たちが探している気配はなかった。だからエメルダ王妃はアリーシェを狙うのを諦めたのだとばかり思っていたのだ。

——なのに、どうして……。

小屋に戻ってきたアリーシェは荷物をテーブルの上に放置してそのまま寝室のベッドに

潜りこんだ。寒いわけでもないのに、身体の震えが止まらなかった。

――どうして今さら？　なぜ私を探しているの？　殺すため？　見つかったら……今度こそ殺されるの？

恐ろしさに胃がキュッと引きつるのを感じた。

――せっかく静かに暮らしていたのに。私はまだ怯えて暮らさなければならないの？

だが、ふと別の可能性があることに思い至ってアリーシェの震えが止まった。

「もしかして、騎士に探すように命じたのはエメルダ王妃じゃないのかも……」

もしエメルダ王妃がアリーシェを殺すために探しているのであれば、大々的に騎士たちを投入するだろうか。

――だとすると、私を探させているのはエメルダ王妃じゃない？　ならば……。

「お父様、かしら？」

騎士たちが見える形で動いているとなればそれはきっと父王の命令に違いない。

「でもお父様が今さらどうして……」

娘の身を案じて探しているなどということはないだろう。父王の自分への無関心さは身に染みて知っている。きっと二年前アリーシェが城から逃げた時も、やっかい払いができてせいせいしたと思っていたに違いない。

――間違ってもあの人が自分から私を探すわけはない。ならば……今さら探す理由は……。

一つだけ心当たりがあった。聖帝だ。

シュレンドル帝国の皇帝との縁談話がまだ生きていて、それでアリーシェを探しているのかもしれない。

エメルダ王妃に命を狙われることなくあのまま城にいたら、十六歳になったとたんアリーシェはシュレンドル帝国に預けられる予定になっていたのだから。

――もしかして、私はまだ聖帝の妃候補なの？　とっくに破談になったとばかり思っていたのに。

確かめる術はない。どちらにしろ、捕まるわけにはいかないのだから。

「どうすればいいの……」

アリーシェは唇をぎゅっと噛んだ。

もし父王がアリーシェを探しているのであれば、遅かれ早かれラージャ村にも探しにやってくるだろう。

だが、逆に考えれば痣のことさえバレなければアリーシェが捕まることはない。離宮の外に出る時はいつもベールを被らされていたから、アリーシェの顔を知っている者は多くないだろう。

もし誰かがアリーシェの痣のことに気づいたら……。

「痣さえ、なければ……」

手を伸ばしてアリーシェはそっと自分に額に触れた。この痣さえ消すことができれば……。

──もしかして、隠者様なら痣を消す方法をご存じかもしれない。

ふとそんなことを思いつく。

博識な隠者のことだ。何か知恵を借りられるかもしれない。

──でも隠者様の力を借りるとなったら、私の素性を説明する必要が出てくるかもしれない……。

アリーシェは今まで隠者に自分の本当の名前や身分を語ったことはなかった。隠者が詮索してこなかったのをいいことに、ついそのままにしていたのだ。

隠者のことだ。案外アリーシェの本当の素性にも気づいているかもしれない。けれど、少なくとも父王の城に送り返されることはないだろう。

「ピ……」

心配してか、ヴィラントがもぞもぞと布団の中に入ってくる。アリーシェは小鳥を胸に抱きしめると、覚悟を決めてベッドから起き上がった。

「ヴィラント、隠者様に伝えてくれる？　相談したいことがあると」

ヴィラントが伝えてくれたのか、翌日隠者が小屋にやってきた。

「それで？　相談したいこととはなんだ？」

顔を合わせるなり挨拶も前置きもなく単刀直入に聞かれて、アリーシェの口元に苦笑いが浮かぶ。彼はくどくど説明するのもされるのも好きではないらしく、いつも結論から言い出して、それ以外を省こうとするところがある。

「長くなりそうなので、ひとまずお入りください」

テーブルに着き、お茶を淹れたアリーシェは隠者の前にそっとカップを置いて言った。

「相談というのは、私の痣を消す方法はないかと思いまして」

「痣を？」

「はい。これを」

アリーシェは前髪を上げて痣を晒した。今まで隠者の前で痣を隠したことはない。けれど、あえて見せてこなかったものを、今アリーシェは自ら晒していた。額の真ん中に浮かぶ、花の形をした紋章のような痣を。

隠者はアリーシェの痣を見ても特に顔色を変えることはなかった。アリーシェが見慣れた嫌悪感を表すこともない。そのことに勇気をもらった気持ちでアリーシェは続けた。

「私の本当の名前はアリーシェ。アリーシェ・ロジェーラと言います。ロジェーラ国の第一王女としてこの世に誕生しました。……母の命と引き換えに」

痣があることで不吉な王女とされ、命だけは奪われることはなかったものの、ずっと離宮に軟禁されていたこと。この痣を怖がらずに受け入れてくれたのはメアリアとファナとトムス爺だけだったこと。

十四歳の時にシュレンドル帝国の聖帝の妃候補に選ばれたこと。それに嫉妬したエメルダ王妃に命を狙われて、メアリアとトムス爺が命をかけて助けてくれたこと。国外に脱出しようとして国境の検問所でファナが自分を逃がすために囮になって生き別れてしまったことなど。

アリーシェは今までの自分の過去を包み隠さず隠者に語った。そして、ラージャ村でも騎士たちが痣のある少女……つまり自分を探し始めるだろうことも。

「この痣さえなければ、騎士たちが私を見つけることはできないでしょう。私はこの森で今までと同じように静かに生活をしていきたいのです。見つかりたくないのです。聖帝の妃になる気もありません」

「……聖帝の妃になれば、もう義母や異母妹に怯えずに済むのではないか？」

黙ってアリーシェの話を聞いていた隠者が口を挟んだ。けれどアリーシェは首を横に振る。

「妃など務まりませんし、顔に痣があるこんな女を聖帝陛下が選ぶとも思えませんから。ロジェーラに送り返されてまた幽閉される生活が待っているだけです。たとえ聖帝陛下に訴えてシュレンドル帝国に残れたとしても、私にできることは何もありません。それより私は今の生活を続けることを望んでいます」

「それで痣を消したい、と」

「はい」

隠者はしばらくの間指でテーブルをトントンと叩きながら考えていたが、何かを決めたように急に手を止めてアリーシェを見つめた。

「アリー、お前の期待に背くようで悪いが、その痣を完全に消す方法はない。それができるのは聖帝だけだ。……だが俺の力を使って一時だけ消すことは可能だ」

「え、ほ、本当ですか？」

アリーシェは思わず椅子から立ち上がった。隠者の頭の上に止まっていたヴィラントがアリーシェの剣幕(けんまく)にギョッとしたように飛び上がる。

「ピュアアア！」

「一時でもいいんです。ラージャ村にいる間だけ隠せれば！　どうしたらいいんですか!?」

「落ち着け、アリー」

呆れたように言われて、アリーシェは慌てて腰を下ろした。

「……すみません。興奮して。ヴィラントも驚かせてごめんなさい」

「ピィ！」

気にするなと言いたげに鳴くと、ヴィラントは隠者の頭から机の上に移動した。

「話を元に戻すと、痣を一時的に消すためには、お前が俺の体液を摂取する必要がある」

「た、体液、ですか？」

思いもかけない内容にアリーシェは戸惑ったように隠者を見つめた。てっきり何かの薬草や根を煎じて薬のようなものを作るのだとばかり思っていたからだ。

「ああ、そうだ。体液は知っているな？　唾液や血のことだ」

「は、はい。隠者様の唾液や血を飲むってこと……ですか？」

「ああ。俺の体液を身体に取り込むことで、作用時間も変化する。正確に言うのなら、俺のどの部分の体液を取り込むか、それがどれだけ体内に残っているかで時間が変わるんだ。唾液ならば数時間、血液ならばそれより少し長持ちする。そして一番長く保つことができるのは精液だ」

「せっ……」

アリーシェは思わず絶句した。

「つまり性交渉することによって数日間消し続けることが可能だ」

「性交渉……」

あけすけに言われ、アリーシェの頬が真っ赤に染まった。初潮が来た時にメアリアやファナから基礎的な性知識を教わったので、まったく何も知らないわけではなかったからだ。

――性交渉？　私と、隠者様が!?

「そ、そ、そ、そんなことはっ」

メアリアたちが口をすっぱくして言ったのは、アリーシェが純潔を捧げる相手は夫となるべき人物だということだった。もちろん性交渉などできるはずがない。

――隠者様のことは尊敬しているし、大好きだけどっ。でもっ……痣のためとはいえ、純潔を失うようなことはできないわ。

「ではどうする？」

「だ、唾液でお願いします」

耳まで真っ赤に染まった顔で、アリーシェは返事をした。にやりと隠者が笑う。いつにない愉快そうな笑みにアリーシェの胸がドキリと高鳴った。

――いつも泰然（たいぜん）とした隠者様がこんなふうに笑うなんて。

アリーシェは今初めて隠者が保護者でもなく師匠や上司でもなく、年相応の男性なのだということを意識した。

「唾液ならばキスだな。試してみるか？」

「え？　え？」

「立て」

「は、はい」

混乱しながらもアリーシェは隠者の言う通り椅子から立ち上がる。そして同じように席を立った隠者がテーブルをぐるっと回ってアリーシェの傍に来るのを呆然と見つめた。

隠者はアリーシェの目の前に立つと、そっと手を伸ばしてアリーシェの前髪を掬い上げる。その目はくっきりと額に浮かんだ痣に向けられていた。

「お前の痣は綺麗だな」

「……綺麗？　この痣が？」

そんなことを言われたのは初めてだ。

「ああ。こんな綺麗な聖痕はお前だけだ」

アリーシェを見つめる金色の目が温かな光を帯びている。隠者は本当にアリーシェの痣を綺麗だと思っているようだ。

「隠者様……」

魅入られたように、アリーシェは隠者の金色の目を見上げた。

隠者はアリーシェの前髪から手を離すと、その手を下に滑(すべ)らせてアリーシェの顎を掬(すく)う。

「アリー」

親指がアリーシェの唇に触れて、そっと押し開いていく。アリーシェは導かれるままに唇を開いた。

　見慣れた隠者の顔が落ちてくる。間近に迫った玲瓏(れいろう)な美貌を、アリーシェは呆然と見つめた。

　隠者の息が唇にかかる。閉じることを忘れて薄く開いた唇に、それが重なった。

　温かいような少し冷たいような唇がアリーシェの口を覆う。少しかさついた、けれど温かな感触が震える唇を覆う。……けれどそれはすぐに離れていった。

「これがキスだ、アリー」

「……これが、キス」

「気になるなら目を閉じていろ。目を閉じて、ただ感じるんだ」

「は、い」

　言われるまま目を閉じたアリーシェの唇に、再び隠者の口が重なった。

　先ほどのキスは触れるだけの軽いものだったが、今度のキスは違った。開いた唇の隙間から隠者の舌が滑り込んでくる。

「ん……っ」

　隠者の舌がアリーシェの舌に触れた。ざらりとした感触に、背筋が震える。

　――何だろう、このぞわぞわする感じは。

　どうしたらいいか戸惑うアリーシェをよそに、隠者の舌は口の中を我が物顔に探ってい

く。歯列をなぞっていた舌の先が、上顎をくすぐる。ゾクゾクとしたものが身体中を駆け巡り、足から力が抜けた。

隠者はそれを予期していたように、もう片方の腕をアリーシェの腰に回して支える。その間にもキスはもっと深くなっていった。

「んん、ふ……ぁ、ふ……」

重なった唇から、ぬちゃぬちゃと濡れたような音が漏れていく。口の中に隠者のものかも自分のものかも分からない唾液が溜まっていった。

隠者が顔を上げる。

「アリー、その唾液を飲め。喉の奥に入れろ」

命令するように言われてアリーシェはそもそもの目的がそれだったことをようやく思い出す。

――そ、そうだわ。痣を消すために体内に取り込む必要があるんだったわ。

覚悟を決めてアリーシェは口の中に溜まった唾液を、ごくりと喉の奥に押し込んだ。決して熱いものではなかったのに、喉から胃にかけてカァッと熱くなる。

その感触に気を取られていたアリーシェは、自分の額の痣が一瞬だけ白く輝いたことに気づいていなかった。

「……よし、問題なく消えたな」

隠者の手が身体から離れていく。アリーシェはそれを名残惜しいと感じ、そんな自分を恥じた。

――これはあくまで痣を消すための行為。私たちは恋人同士ではないのだから、隠者様がすぐに離れるのは当たり前のことよ。

「鏡で見て確認して来い」

「は、はい」

アリーシェは力の入らない足で寝室に向かい、姿見を覗き込んだ。すると、いつもは額にあるはずの痣がなくなっているではないか。

信じられなくて前髪を上げて何度も確認する。

――夢じゃない。痣が消えている……！

「隠者様！」

嬉しくなったアリーシェは居間に駆け込んで隠者に抱きついた。

「なっ……」

「ありがとうございます！　こんな奇跡が起こるなんて！」

「そ、そうか」

興奮のあまりアリーシェは、自分が隠者に抱きついていることも、そのことに隠者がいつになく動揺していることにも気づかなかった。

ようやくアリーシェが自分の行動に気づいたのはそれからしばらく経ってからだった。慌てて隠者から離れる。

「え、あ、あ、すみません！　つい嬉しくて」

「……いや、いい。それくらい喜ばしかったんだろうから」

ふいっと視線を外しながら隠者が答える。その口調はいつもよりだいぶ柔らかくなっていた。

「これからラージャ村に行く時は俺を呼べ。ヴィラントに言えばすぐに連絡がつくから」

「はい！　ありがとうございます！」

笑顔を浮かべるアリーシェにつられたように隠者の口元が弧を描く。すぐにその笑みは消えてしまったが、アリーシェの目にはしっかりと焼き付いていた。

森の奥に帰っていく隠者の背中を見送りながら、アリーシェはそっと唇に触れた。

――まだ胸がドキドキしてる。これは痣が一時的とはいえ消えたから嬉しくて？　……分からない。

分かるのはアリーシェと隠者の関係が少し変化してきているということだけだ。

そしてその変化が、アリーシェは嫌ではなかった。

森の中心に向かって歩く隠者はアリーシェの唇に触れた手をそっと握り締めていた。

「……やはり、アリーは『神の花嫁』なのか……」

その呟きは、森の静寂の中に消えていった。

＊＊＊

シュレンドル帝国の王宮の一角。皇帝のための執務室にその二人はいた。

片方は豪華な礼服に身を包み、悠然とした態度で椅子に腰かけている。歳は二十代半ばといったところだろうか。まだ若く、金色の長い髪を高い位置で一本に結い上げている。目の色は光の加減により青く見えることもある不思議な黒色をしており、この男性の醸し出す雰囲気と相まって、見る者に神秘的な印象を与えている。

顔だちは、まるで彫像のように美しいの一言だろう。切れ長の目に、高い鼻梁。そして薄い唇も、すべてが芸術的なまでに完璧な形で配置されていた。

男性を見れば誰もが頂点に立つに相応しい王だと感じるだろう。実際、男性はシュレンドル帝国の頂点に立っている皇帝だ。名前をサージェスと言う。

だが、彼を「皇帝」と呼ぶ者は少ない。聖痕を持ち、聖獣の卵を持って誕生した彼を、誰もが「聖帝(聖なる皇帝)」と呼んだ。

一方、もう一人の男性は皇帝のすぐ傍に立っていた。

歳は皇帝と同じくらいだろう。こちらはややシンプルで地味な色合いの服を身にまとっている。くすんだ金髪を肩先で切りそろえていて、美形ではあるものの愛嬌のある顔だちをしていた。

男性の名前はアルベルト・ルーウェン。聖帝のはとこにあたり、彼の皇帝就任以来、宰相としてその治世を支えている。

「やれやれ、まだロジェーラの王族は妃候補の入れ替えを諦めていないのか」

聖帝サージェスが呆れたように言うと、アルベルトも同意するように頷いた。

「ええ。この二年もの間、妃候補を第一王女のアリーシェ殿下から第二王女に変更しろとしつこく言い続けています。どうやらあの国は聖帝の妃が『神の花嫁』と呼ばれていることも、その意味も知らないようですね」

サージェスは冷ややかに笑った。

「そのようだな」

「あの国の王族は二百年前の政変で王位についたのでしたね。その際に『聖帝と神の花嫁』に関する騒動の記録も失われてしまったのでしょう。王族を支えている重臣たちも政変の際に今の地位についた者ばかりですから」

「知らないからこそ花の痣――聖痕を持つアリーシェ王女を冷遇できたというわけか。愚かな者どもめ」

「他国との関係も希薄なのでしょう。なぜ周辺国で痣を持つ人間を手厚く保護しているのか、その理由を知ろうともしないし、教えてもらえないときている。あの国の未来は遠くないうちに閉ざされることになるでしょうね。こちらとしても全然問題ありませんけど」

　そう言ってアルベルトはにっこりと笑った。

「シュレンドル帝国としては聖帝の妃候補をアリーシェ王女からモニカ王女にすることは承諾できないと再三にわたって伝えてあります。期限を前に今頃慌てて捜索しているでしょうね。どうしますか？　隠れているアリーシェ王女を保護した方がいいのでは？」

　シュレンドル帝国ではすでにアリーシェの境遇も、彼女が今どこにいるのかも摑んでいた。その上でロジェーラ国に揺さぶりをかけているのだ。

　サージェスは首を横に振ると椅子から立ち上がった。

「いや、アリーシェ王女の身柄は隠者に任せておけばいい。お前は引き続きロジェーラを見張れ。我が国の愚か者どもが蠢き始めている。アリーシェ王女を迎える前に、どうやら大々的な害虫駆除が必要なようだぞ。それまでは……」

　サージェスは執務室の大きな窓から外を見つめる。サージェスの視線のはるか先には、聖なる森があった。

そしてその森には——。

「『神の花嫁』の選定は森の隠者によって行われる。……隠者グラムよ、お前は一体彼女をどうするつもりだ？」

呟くサージェスの声は憂いに満ちていた。

第3章　森の隠者は選定する

ガシャーン！

ロジェーラ国の城にある王妃の部屋に、大きな音が響き渡る。部屋の主であるエメルダ王妃が腹立ちのあまりテーブルにあった花瓶(かびん)を壁に叩きつけたのだ。

部屋の隅では王妃付きの侍女たちが震えながら抱き合っていた。いつ王妃の八つ当たりが自分たちに向かうか分からないからだ。

「なんでこう思い通りにならないの……！」

エメルダは苛立たしげに言うと、花瓶を壁に叩きつけた時に床に落ちた花をヒールで踏みつぶす。まるで敵だとでもいうかのように。

「金の髪と青い目を持つモニカこそ聖帝に相応しいというのに！」

忌々しそうに吐き捨てると、エメルダは親指の爪を噛んだ。

「これまで再三にわたって妃候補の変更を……あの汚らしい髪(アリーシェ)の娘からモニカにするように申し入れたというのに、シュレンドル帝国はいっこうに変更を認めようとしない。陛下も今さら慌ててあの小娘を必死になって探し始めているし……ええい、腹立たしい！」

すべてがエメルダの望んだこととは違う方向に進んでいる。

最初の頃は順調だったのだ。アリーシェの暗殺には失敗したが、城から追い出すことには成功した。アリーシェが行方不明になり焦る国王を説得し、聖帝の妃候補をモニカに変更することを承諾させた。……そこまではよかったのだ。

ところがシュレンドル帝国はあくまでアリーシェにこだわり、妃候補をモニカに変更するのを拒否した。アリーシェは病弱だから大国の妃になるのは無理だと訴えても、何度書簡や使者を送っても返事は同じだった。

『聖帝陛下の妃候補はあくまでアリーシェ王女だ。変更は認められない』と。

それどころか、十六歳になったのだから早くアリーシェ王女を帝国に送れとまで催促してきている。

――本当に、忌々しい……！

日和見の国王はシュレンドル帝国からの返事に焦り、今になってアリーシェを探し出そうとやっきになっている。更に腹立たしいのは、「二年前、アリーシェの捜索ができなかったのはモニカを代役にしようと言い出した王妃のせいだ」などと、責任転嫁するような発言をし始めていることだ。

――何よ、「モニカの方が聖帝も喜ぶだろう」などと言って、面倒がってあの小娘を探させなかったのは陛下だったのに！

だが、このままアリーシェが見つからなければ王妃の地位まで危うくなってしまう。いや、それだけではない。シュレンドル帝国の兵がやってきて、もし王妃がアリーシェを殺そうとしていたことが知られれば——そうなったら王妃だけでなくモニカや王太子、それに実家にも害が及んでしまう。

だが、アリーシェがもし見つかっても、彼女を殺そうとした王妃は破滅する。

「……いいえ、いいえ。私は破滅などしないわ。聖帝の妃になるのはモニカよ！　金の髪と青い目をした私の娘こそ大国の妃に相応しいのよ！」

「王妃様。失礼します」

一人の男が部屋に入ってきた。三十代半ばの侍従のお仕着せを纏った男だ。侍従は割れた花瓶や水浸しの床を一瞥したものの、まったく気にすることなく王妃に近づいた。

「お耳に入れたいことが」

「おお、ヨハネス」

お気に入りの侍従の姿を見てエメルダは怒りを収めた。この侍従はエメルダが王妃として城に来る時に実家から連れてきた使用人の一人だ。遠縁にあたる男で、容姿端麗で自分と同じ美しい金髪と青い目を持つこの侍従を、エメルダはこよなく寵愛している。

侍従は王妃の耳に唇を寄せて何事かを囁いた。侍従の言葉にエメルダは目を見開く。だがすぐに我に返ると艶然と笑った。

「そうか、すぐに会おう」

侍従の指示で割れた花瓶が片付けられ、水浸しになった床も綺麗に拭われた。王妃は侍女の手を借りドレスに着替える。その間に王女のモニカが呼ばれた。

「お母様、シュレンドル帝国の貴族がいらしたというのは本当？」

やってきたモニカは挨拶もなしにいきなり尋ねてくる。母娘とはいえ王族なので、どんな時でも礼儀は守るべき立場にあるのだが、娘を溺愛しているエメルダは咎めることなく娘を迎えた。

「ええ、そうよ。あなたを聖帝の妃にするのに力になってくれる方よ」

なんとかしてモニカを聖帝の妃にしたいエメルダは、伝手を頼ってシュレンドル帝国の貴族に助力を頼んでいた。小国のロジェーラがシュレンドル帝国の意見を変えるのは難しいが、同じ帝国の貴族であれば重臣やあるいは聖帝に直接働きかけることができるのではないかと踏んだのだ。

そしてシュレンドル帝国の貴族で、エメルダの要請に応えてくれたのが今回の訪問者だった。その貴族は国を離れるわけにはいかないエメルダとモニカのためにわざわざ秘密裏にロジェーラまでやってきてくれたのだった。

「お初にお目にかかります、王妃陛下。モニカ殿下。私はシュレンドル帝国で侯爵位を賜(たまわ)っておりますジェリドと申します」

侍従に案内されて王妃の部屋にやってきたジェリド侯爵は優雅な仕草で礼をした。

歳は四十代だろうか。灰色の髪に水色の目をしたジェリド侯爵はエメルダのタイプではなかったが、大国の貴族らしく洗練された姿で、とても好ましく映った。

「ようこそいらっしゃいました。ジェリド侯爵様。こちらまで足を運んでいただき、大変嬉しく思っております」

一国の王妃らしくエメルダが鷹揚(おうよう)に応じると、ジェリド侯爵は笑顔になった。

「私を頼っていただき、光栄の極みです。このジェリド、誠意を持って王妃様方のお力になりましょう」

ジェリド侯爵は微笑んだ。だがその顔は何か企んでいるようでもあり、一筋縄ではいかない雰囲気を漂わせていた。

「まず初めにお伝えしたいのは、このままいくら願ってもモニカ殿下は聖帝の妃候補にはなれないということです。なぜなら聖帝の妃となるのは陛下と同じ聖痕――つまり痣のある少女であると決まっているからです。そう、帝国がアリーシェ王女にこだわるのは彼女が痣をお持ちだからなのですよ」

「…………え？」

予想だにしなかったことを言われたエメルダとモニカは唖然(あぜん)とした。信じられずにエメルダは聞き返す。

「あの気持ちの悪い痣が？」

「はい。帝国の、それなりの貴族であれば誰でも知っていることです。聖帝の妃は『神の花嫁』と呼ばれ、神から聖帝の伴侶となるべく地上に使わされた女性とされています。その印が痣なのです。ですからそのことを知っている諸外国は、聖帝の誕生と共に痣のある女性を保護します。将来、聖帝の妃になるかもしれない彼女たちの後見人であることは非常に大きな利をもたらしますからね。ですから、このままではあなたの産んだモニカ王女が聖帝の妃に選ばれることはまずありません。アリーシェ王女が駄目なら他の痣を持った候補者から選ぶだけですから。ですが――」

ジェリド侯爵は言葉を切ると、意味ありげに笑った。

「痣のない者が聖帝の妃として認められる方法がないわけではないのですよ。その手段を私は知っています。……王妃様、私と手を組みませんか？　私が必ずやモニカ殿下を聖帝の妃にして差し上げましょう」

エメルダはしばしの間ジェリド侯爵を眺めていたが、やがて頷いた。

「分かりましたわ、ジェリド侯爵。手を組みましょう」

どのみちエメルダには後がないのだ。

――どこまで信用できるか分からないけれど、利用できそうだわ。

もし必要がなくなれば、モニカが聖帝の妃になったあとに始末すればいいだけのことだ。

「ありがとうございます、王妃陛下。さっそくやっていただきたいことがあります」

にっこりとジェリド侯爵は笑った。

＊＊＊

「ふっ……ぅ、ん」

口内で隠者の舌が蠢く。

絡み合った舌が擦り合うたびにアリーシェの背筋にゾクゾクしたものが走り、力が抜けていく。

アリーシェは隠者のローブを命綱のように摑んだ。けれどローブを摑んだ指も、キスが深まっていくにつれ、だんだんと力を失っていった。

そうなるともうアリーシェを支えているのは腰に回された隠者の腕だけだ。

「ん……んんっ……」

合わさった唇の端から濡れた音と共に溢れた唾液が零れ落ちていく。

「ふ……ぁぅ……ふぁ」

隠者が顔を上げた。

「このくらいでいいだろう」

キスに酔いしれていたアリーシェはその言葉にぼうっと隠者を見上げた。

「……ぁ、ふ……」

名残惜しそうに隠者の唇を見ていると、隠者が少し呆れたように言った。

「ぼうっとしている暇はないんだろう？　村に行くんじゃないのか？」

我に返ったアリーシェは慌てて咥内に溜まった唾液を嚥下した。

「ん……ふ、あ、はぁ……っ、すみません」

隠者から身体を離そうとした時、ぐらりと身体が揺れる。バランスを崩して転びそうになったところを、とっさに隠者の腕が支えた。

「ほら、しっかりしろ」

「す、すみません」

頭がぼうっとして足に力が入らない。それでもなんとか己を叱咤してまっすぐ立つと、隠者を見上げた。

「あ、りがとう、ございます、隠者様。これで、安心して村に行けます」

「気をつけて行って来い」

「ピィー」

ヴィラントが待ってましたとばかりにアリーシェの肩に降り立った。ヴィラントは二人がキスをする間、屋根の上で待機していたのだ。

アリーシェは薬草の入った袋をしっかりと摑み直して、隠者に頭を下げると村に向かって歩きだした。

しばらく歩き、完全に小屋が見えなくなると、アリーシェは足を止めて両手で顔を覆った。その顔は赤く染まっていた。

——恥ずかしい。何度やっても恥ずかしい！

あれ以来、村に行く時は必ず隠者に来てもらい、痣を消すためにキスをしてから出発するようになった。

いわば準備作業のようなものだ。それなのに、キスをするたび、回数を重ねていくたびに自分が変になっていくのが分かる。

——ぼうっとなって何も考えられなくなるし、力は抜けちゃうし、息は切れるし、ぞわぞわするし。……おまけに……。

アリーシェはそっと自分の下腹部を押さえた。キスをしているとお腹の奥が熱くなる気がするのだ。

キスをしている時だけではない。妙に意識してしまい、隠者と普通に話をしている時も彼の唇に目が行ってしまう。そのたびに唇が触れた時の温かさや、舌を擦られた時の感触を思い出してしまって、お腹の奥が疼いてしまうのだ。

——私、おかしい。このままじゃそのうち隠者様の顔をまともに見られなくなってしまうかもしれないわ。あのキスに意味はなくて、単に私の安全のためにやってくださっているものなのに。

「そうよ、あれは準備作業。ただの準備作業よ」

自分に言い聞かせるように呟くと、肩に止まっていたヴィラントが不思議そうに首を傾げた。

「ピ？」

「な、何でもないわ。さ、行きましょう、ヴィラント。痣が消えている時間は短いんだから」

アリーシェは頭を振ってキスのことを脳内から追い払うと村に向かって歩き始めた。

「アリー、いらっしゃい。あ～、あと少し待っていればアルフさん、アリーと会えたのに」

村に到着してさっそく薬屋に行くと、店番をしていたラナがアリーシェを見るなり残念そうに言った。

「こんにちは、ラナ。アルフさん……？」

聞いたことがある名前だと、記憶を探ったアリーシェは、アルフというのが半年ほど前から村に時々やってくるようになった商人だということを思い出す。

――そう、確かラナに王都の話を色々語ってくれるのもその人だったはず。

「アルフさんはうちの薬を仕入れに来る商人よ。実家は王都で大きな商会を経営しているんですって」

ラナが言うにはアルフは実家の商会で取り扱う薬を仕入れるために、村から村へ渡り歩いている人物らしい。よく効くと評判になっているラナの薬屋のことを他の村で聞きつけて、薬を仕入れるためにラージャ村を訪れるようになったということだった。

「アルフさんの実家の店でもうちの薬は評判になっているらしいわ。で、うちの薬がよく効くのは質のいい薬草をアリーシェが持ってきてくれるからだと言ったら、アルフさんがぜひ一度会いたいって」

「え？　私に？」

目を丸くすると、ラナはにっこり笑って頷いた。

「そうよ。でもアリーはいつ来るか分からないし、アルフさんもそう頻繁に来るわけじゃないからなかなか紹介できる機会がなかったのよ。今日は偶然にも二人ともうちの村に来てくれたけど、アルフさんはもう帰ってしまっただろうし、残念だわ」

「そ、そう」

た。

残念がるラナにあいまいな返事をしながらアリーシェは内心ホッと胸を撫で下ろしてい
——鉢合わせしなくてよかった……。ラナには悪いけど、余所から来た人には会いたくない。ましてや王都の人となんて。どうして私に会いたがったのか分からないけれど、このまま会わずに興味を失って欲しいわ。

「ところでラナ。アルフさんが来たなら何か新しい王都の話も聞いているんじゃなくて？」

話題を変えるため水を向けると、ラナがさっそく食いついた。新しく仕入れた話を誰かにしたくてたまらないのだろう。

「聞いてちょうだい、アリー。今ね、王都ですごく流行っているお菓子があるんですって。なんでも帝国発祥のお菓子らしいの。話を聞いたらすごく美味しそうなのよ」

「シュレンドル帝国発祥のお菓子？　それは確かにすごく美味しそうね」

シュレンドル帝国はロジェーラと比べたら格段に文化が進んでいる国だ。お菓子も料理も、ロジェーラの職人が思いつかないような斬新なものが帝国では次々と生み出されていっている。

そしてロジェーラのような小さな国に製法が伝わり、庶民にも手が出せるようになるのはだいぶ先のことになるのだ。

「もう話を聞くだけですごく美味しそうなの。でもラージャ村でそのお菓子が食べられるようになるのは一体いつになることやら。シュレンドル帝国とはすごく近くて隣接しているというのに、切ない話よね」

「そうね」

相槌を打ちながら、アリーシェはどんなお菓子だろうと想像をめぐらせた。ラナの言う美味しそうなお菓子というのは、ふわふわで、でもパリパリしている生地にクリームが入ったものらしい。日持ちはしないので、王都から運ぶわけにはいかないようだ。

――隠者様はご存じかしら？　今度聞いてみよう。

「あ、そうだわ。お菓子の話題もいいけど、先に薬草を渡さなきゃ」

そもそもの目的を思い出し、アリーシェは背負っていた袋の中から薬草を取り出してカウンターに並べていった。


数時間後、用事を終えたアリーシェは急いでラージャ村から出ようとしていた。

――まずいわ。ついラナと話しこんで遅くなってしまった！

隠者が隠してくれた痣がそろそろ出てきてしまう頃だ。

唾液だと数時間しか痣を消すことができないため、森を出るまでの時間と、村までの時間を勘案するといつもギリギリの時間になってしまう。

「急がないと……！」

　だがその時——。

「待って、待ってくれ！」

　村を取り囲む柵から足早に外に出ようとしていたアリーシェは、見知らぬ男に呼び止められた。こげ茶色の髪の若い男性だ。特に美形というわけではないが、さっぱりとした身なりと柔らかな物腰は人によっては好印象を抱くだろう。

　けれどアリーシェは明らかに村人ではない男性を警戒し、距離を取った。

「……何か御用でしょうか？」

「呼び止めてすまない。君がアリーさんだね？」

「そうですけど……」

「僕はアルフだ。王都で商売をしているロスジェナ商会の者で、この村には薬を仕入れるためにたびたび訪れている。突然呼び止めてごめん。ラナの店に薬草を卸しに来るアリーさんの話を聞いて、ぜひ会ってみたいと思っていたんだ」

　なるほど、彼がラナの言っていた商人のアルフらしい。店では鉢合わせしなかったが、まだ村を出ていなかったらしく、アリーを見かけて声をかけてきたようだ。

「そう、ですか。ラナにはいつもお世話になっています。アリーです。なぜ私に会いたいと思われたのですか？」

一刻も早く村を離れたいアリーシェは、単刀直入に尋ねた。

――早く、早くしないと、痣が出てきてしまう。ううん、もう出ているかもしれないわ。

アルフは人好きのする笑顔になって言った。

「実はラナの店を通さず君から直接薬草を買い取りたいと思っているんだ。うちの商会はこれからもっと販路を拡大する予定なんだけど、ラナの店が作れる薬の量では少し心もとなくて。商会の伝手で薬師は揃えられるけれど、肝心なのは質のいい薬草だ。そこで直接君から薬草を買い付けられたらと……」

「申し訳ありませんが、お断りします」

アリーシェはアルフに最後まで言わせないまま返答をする。

「薬草が採れる量には限りがあります。ラナの所に卸すだけで精一杯なのです。申し訳ありませんが、私が持ってきた薬草で作る薬が欲しかったら、ラナの店を通してください」

これは半分は本当で半分は嘘だ。「神の庭」で植物は恐るべきスピードで成長するので、多めに薬草を採ってもほぼ影響はない。

なのになぜ断ったかといえば、「神の庭」で作られた植物を広く流通させることに危機感を抱いているからだ。

あそこは神の領域だ。毎日森の神秘に触れているアリーシェが一番よく分かっている。

森を守るためにも、下手に注目を集めるわけにはいかないのだ。

——そんなことで隠者様にご迷惑をかけたくないもの。

それに、もともと薬草はラージャ村で使う分だけという想定で卸しているのだ。作った薬を誰に売ろうがラナの店の自由だが、森で育てた薬草を見知らぬ他人の手に渡すことは許可できなかった。

「いや、だが、僕が直接買い付けるのであれば、もっと君に多くのお金を渡すことだって」

「ラナからいただく薬草の代金だけで十分です。ご期待に沿えずに申し訳ないですが、薬草はあなたには売れません」

「そこをなんとかっ」

「急いでいるので失礼します」

アリーシェは頭を下げ、踵(きびす)を返してその場から離れようとした。だが、薬草を諦めきれないアルフは慌ててアリーシェの腕を摑む。

「待ってくれ、もう少し僕の話を——」

「放してください。何と言われようと売るつもりはありません！」

振り返ったアリーシェが強い語調で拒否した次の瞬間、運命のいたずらが起こった。風が通り過ぎ、勢いよく振り返ったアリーシェの前髪がふわりと舞い上がる。

アルフが驚いたように目を見開いた。

「アリーさん、その額の……」

「……っ！」

慌ててアルフの手を振り払い、アリーシェは村の外、森の入り口がある方向に向かって走り出す。

「あっ、待ってくれ、アリーさん！」

「ピ――！」

追いかけようとしたアルフに、アリーシェの肩から飛び上がった小鳥のヴィラントが鋭い声を発した。すると突然、強い風が吹き荒れ、アルフの視界を遮る。

アルフはとっさにぎゅっと目を閉じる。風がやんだと感じて目を開けた時にはアリーシェの姿はなかった。

アルフは顎に手を当ててしばし考える。

「……確か、王家が額に痣のある娘を探していたな。薬草は手に入らなかったが、もしかして僕は王家に恩を売るチャンスを得たのかもしれない」

そう呟くアルフは愉悦（ゆえつ）の笑みを浮かべていた。

＊＊＊

——見られた、痣を、見られてしまった……！

アリーシェは森に向かって走りながらパニックに陥っていた。

——どうしよう、どうしよう！　どうしたらいいの？

きっとあのアルフという人は痣のある女性を見つけたと騎士に告げるだろう。ラージャ村に騎士や兵士がやってきて、次にアリーシェが現れた時に捕まえようと待ち構えているかもしれない。もしかしたら森にも騎士たちが入ってくるかもしれないのだ。

——もし、捕まったら、私はどうなるの？

「いやよ、もう城には戻りたくない！」

自由に出歩くことを知ってしまったアリーシェには、もう離宮に幽閉される生活は耐えられないだろう。

以前、アリーシェが耐えることができたのは、その生活しか知らなかったからだ。それにメアリアやファナ、そしてトムス爺がいてくれたからだ。

今はもう彼らはいない。

——ここを離れたら、もう二度と隠者様にも……。

「嫌！　隠者様と二度と会えなくなるなんて、そんなの嫌よ！」

——だって、私は、あの方を……っ。

……いつの間にか森の入り口まで来ていた。

アリーシェは足を止めると、恐怖と思慕に震えながら自分の身体を抱きしめる。

——こんな時に自分の気持ちに気づくなんて……。

恩人として、森での生活の師匠として、アリーシェは隠者を慕っていた。

最初はただただ恩を感じ、自分以外に森に住む唯一の人間ということもあって懐いていたように思う。

けれど隠者と接していくうちに、その思いはいつしか別のものへと変わっていった。

隠者はぶっきらぼうで一見冷たいが、本当は面倒見がよくとても優しい人だ。縁もゆかりもないのにアリーシェを森に受け入れてくれた。お湯すら沸かせなかったアリーシェに根気よく一人で生きていける方法を教えてくれた。

——そうまでしてくれる人を、慕わないわけがないじゃない。

その慕わしさがいつ恋情へと変わったのかアリーシェにもよく分からない。キスをした時だろうか。けれど、あの時にはすでにこの胸の奥では隠者へ向ける恋慕が目覚めていたようにも思える。

隠者とのキスが少しも嫌でなかったのも、キスしていると身体が熱く疼いてしまうのも、アリーシェが隠者を恩人としてではなく異性として好きになっていたからだろう。

——少し呆れたような顔をして私を見つめる表情も、考えごとをしている時に机をトントンと指で叩いている癖も好き。

「……好き……あなたが、好きです」

呟くと胸がキュッと疼いた。

――好きだから、離れたくない。私はここにいたい。隠者様とヴィラントとずっとこの森で静かに、誰にも邪魔されずに生きていたい……！

「そのために私は、必要なことをするわ」

森を見つめるアリーシェの目は決意に満ちていた。


「アリー！　何があった!?」

小屋に戻ると、入り口には隠者の姿があった。珍しく焦った様子で、アリーシェの姿を目にしたとたん、こちらに駆け寄ってくる。

「ヴィラントからお前がすごく動揺していると連絡があった。一体、何があった？」

「ヴィラントが？」

肩に止まった小鳥に目をやると「チュ？」とヴィラントはどこか得意げに首を傾げた。まるで「伝えることがあるんだろう？」とでも言っているかのようだ。

――ヴィラントったら……もうっ。

おそらくアリーシェがこれから何をするつもりなのか十分理解していて、気を利かせたつもりなのだろう。

ヴィラントに背を押されるように、アリーシェは村へ行った時の出来事を話した。

「具体的に痣のことを指摘したわけではなかったけれど、アルフという人はきっと私の痣を見てしまったと思います。彼がどういうつもりなのか分かりませんが、そう遠くないうちにラージャ村にも私を探しに騎士がやってくるでしょう。でも、私はこの森から離れたくないんです。今までと同じように隠者様とヴィラントと、そして霊獣たちと共に森で生活したいんです。ですから――」

アリーシェは息を整えると、勇気が萎まないうちに決意したことを一気に告げた。

「もしお嫌でなければ私に隠者様の精液をください。抱いてください。そうすれば私はラージャ村に安心して行けるようになります。いくらアルフが私に痣があると証言しても、実際の私に痣がなければ騎士たちの目をごまかすことができると思うのです」

隠者は目を見開いてアリーシェを見下ろす。

「お前は……自分が何を言っているか分かっているのか？　痣を消すためとはいえ純潔を失うんだぞ？」

「分かっています」

「分かっていない！」

苦々しい表情になって、隠者は吐き捨てた。

「お前は王女で聖帝の妃候補だ。軽率な行動をするな。一度失ったものは戻らないんだぞ。あとで悔やんでも遅いんだ」

「後悔なんてしません」

アリーシェは一歩前に出ると、隠者の肩に手を伸ばす。隠者はそれを払いのけることはしなかった。ただ何かに耐えるような顔をして、アリーシェの行動を、様子を、表情を見ている。

肩に手を回し、隠者に身体を寄せながらアリーシェは囁いた。

「私がこれを望んだんです。後悔なんてしません。だって、私は……」

その先は言えなかった。自分の想いを伝えて隠者の重荷になったり同情で応じてもらいたくなかったからだ。

——あくまで痣を消して自分の安全を確保するための行為だと、そう思ってもらえば、隠者様が責任を感じる必要はなくなるでしょう？　それに……。

それに痣を隠すためというのは、理由のほんの一部でしかなくて、アリーシェ自身が隠者に抱いて欲しいから、庇護者ではなく一人の女として見て欲しいからこそ望むのだ。

「隠者様は私を拾い、森で生きる方法を教えてくださいました。だからこれも私は隠者様に教えて欲しいんです。私が共に生きたいのは聖帝陛下ではなく、隠者様なのですから」

隠者はアリーシェの本心を探るかのようにじっと見下ろしていたが、彼女が黙って見つめ返していると、やがて「はぁ」と大きなため息をついた。

「……まったく。こんなつもりでお前を拾ったわけじゃなかったのに」

呆れたような、けれどどこか甘さを含んだ声音で隠者は呟いた。

「アリー……アリーシェ。お前はバカだよ。あのままだったらきっと俺はお前を見逃してやれたのに。普通に幸せになる方法を選ばせてやれたのに、本当にお前はバカだな」

「私の幸せはこうして森で隠者様とヴィラントと共に過ごせることですよ」

にっこりと笑ってみせると、隠者は苦笑で返した。

「お前は自分が何を選択したのか理解していないんだ。もう後戻りはできないのに」

「後戻りなんて……」

「だけど俺はずるい男だから、お前が何も知らなくとも俺を選ぶというのであればその手を取ろう。『神の花嫁』よ」

「神の花嫁」とは何のことだろうか。だが聞き返すはずだったその言葉はアリーシェの口から出ることはなかった。隠者がアリーシェの腰に手を回してこう囁いたからだ。

「寝室に行くぞ、アリー」

「……はい」

ほんのり頬を染めながらアリーシェは頷いた。ヴィラントはいつの間にかアリーシェの肩の上から飛び立っていて、その姿はどこにもなかった。

隠者に促されるまま小屋に入り、キッチンを通り過ぎて寝室へと向かう。狭い寝室にはベッドや小さなキャビネットがあり、壁には楕円の形をした姿見が立てかけてあった。

アリーシェはあの鏡を使い、遠くのものを映して森に迷い込んだ人間を入り口まで導いているのだが、普段はただの鏡として使っている。

自分たちの姿の映った鏡をちらりと覗くと、潤んだ目をした自分といつもと変わらない隠者の姿があった。

隠者はローブを脱ぐと、椅子に放り投げる。中に着ていたのは貴族の子弟が普段着にしている服と変わらないもので、意外なくらいに普通だった。

思えばローブを脱いでいる隠者を見るのは初めてだ。

普段の神秘的で厳かな雰囲気は薄れ、一人の男性としての姿がそこにあった。神々しさも鳴りを潜めている。それなのに、アリーシェの心臓は不思議なことにさっきよりも激しく高鳴っていた。

――なんだか急に男性として意識してしまって……直視できないっ。

恥ずかしくなって床に視線を落としてしまったアリーシェを、隠者が不思議そうに見つめる。

「アリー？」

「な、何でもないです」

「嫌なら、今ならやめられるが？」

　ぎょっとしてアリーシェは床から視線を上げた。

「違います、嫌なんかじゃありません！」

　鏡越しに隠者と視線がかち合う。隠者の金色の瞳が、窓から差し込む光を反射してキラキラと輝いているように見えた。

「そうか。なら、アリーシェ。ここにおいで」

　手を引かれてアリーシェは鏡の前に立つ。隠者はアリーシェの後ろに回ると、少し屈んで彼女のうなじに鼻先で触れた。

「い、隠者様？」

「グラムだ」

「え？」

「俺の名前。会ってもう二年になる。いつまでも隠者様だと他人行儀だ。これからはグラムと呼べ」

「は、はい。グラム様」

　アリーシェは頬を染めて隠者の名前を呟く。名前は知っていたが今までずっと「隠者様」と呼んでいたために言う機会がなかったのだ。

　名前を呼べて嬉しかった。ただの庇護者ではなく、特別な存在になれた気がするから。

「で、あのグラム様。なんで首の後ろを……？」

そしてなぜ自分は鏡の前に立たされているのだろうか。普通は性交渉といえばベッドで行うものではないだろうか。

この状況が理解できなくて戸惑っていると、アリーシェのうなじから顔を上げた隠者――グラムが囁くような声で呟いた。

「いい匂いだ。知っているか？　俺にしか分からないが痣持ちの候補者からは花の匂いがするんだ。他の娘たちの香りはあまり好みじゃなかった。いい匂いだと感じたのはお前だけだ。まだほんの子どもだったくせにな。まったく、年々強くなる花の匂いに、今思うとよく我慢できたものだと思う」

「グ、グラム様？　一体何を……？」

「戯言(ざれごと)だ。気にするな。それより……」

グラムの言っていることは半分どころかほとんど理解できなかった。

――私から花の香り？　花なんてつけてないのに。

だが不意に、鏡越しに自分の前髪からちらりと覗く痣が目に飛び込んできた。

――痣……花の形をした……痣？

何か閃(ひらめ)きそうになったものの、グラムが急にアリーシェのワンピースの前ボタンを外し始めたことでそれどころではなくなってしまった。

「グ、グラム様、あの、あのっ、その、自分で」

「気にするな。お前がやるより俺がやる方が早い」

言っているそばからグラムの手はアリーシェの前開きのワンピースのボタンを次から次へと外していく。

腰までボタンが外されたワンピースは重力に逆らうことなくストンと床に落ちていった。鏡に映っているのは顔を真っ赤にさせて、シュミーズとドロワーズしか纏（まと）っていないアリーシェだ。

ワンピースを脱がせたグラムの手が、今度はシュミーズの肩紐に伸びる。そしてシュミーズもまたワンピースと同じ運命を辿った。ドロワーズもまた床に落とされていく。

今や鏡の前には何も纏っていないアリーシェの姿があった。

「グ、グラム様、あの、これは……」

自分の身体をこうして人前に晒すのも、もちろん初めての経験だ。気恥ずかしさにアリーシェの全身がピンクに染まる。

「教えて欲しいのだろう？　お前の希望に沿ったままでだ。俺に触れられてお前の身体がどう乱れていくのか、目を逸らさずに余すところなくその脳裏に刻め。お前という花を散らすのは俺だということを、身体と心に刻んでやる」

背後から、グラムがアリーシェの身体を抱き寄せる。脇の下から伸びた手が、アリーシェの若々しい胸の膨らみを掴んだ。

「んっ……」

ざわりと肌が粟立つ。思わず目を閉じてしまったアリーシェにグラムの叱責の声が飛ぶ。

「こら、目を逸らさずにちゃんと見ろと言っただろう？」

「っ、は、はい……」

目を開けると、鏡の中で長くて大きなグラムの手がアリーシェの乳房を揉みしだいていた。グラムの手の中で彼の思うまま形を変える膨らみを、アリーシェは恥ずかしさと共に不思議な気持ちで見つめる。

——私の身体、自分のものじゃないみたい。

見慣れたはずの身体が、グラムの手で違うものに変えられていく。けれど、それが全然嫌ではないのだ。

「胸の先が尖ってきたな。アリー、ここは刺激されるとこんなふうになるんだ。お前が気持ち良いと感じている証拠みたいなものだな」

「あっ……」

グラムの指がぷっくりと膨らんだ胸の先端を摘まんで、ぐりぐりと捏ねる。鏡の中でアリーシェの身体がビクンと震えた。

今アリーシェの胸の先端はグラムの手の中で紅に色づき、ぷっくりと膨らんでその存在

を主張していた。指で捏ねられるたびにアリーシェの子宮に甘い疼きが伝わってくる。

脚の付け根から愛液がじわりと染み出してきているのが分かった。

性に疎いアリーシェは、自分の身体が興奮するとどう変化するのかをつい最近まで知らなかった。グラムとキスをするようになって初めて、自分の中に潜んでいた欲を自覚するようになった。……いや、自覚させられた。

濃厚なキスを交わすたび、アリーシェの身体は官能に目覚めて欲望という名の花を咲かせ始めていたのだ。

――恥ずかしい。恥ずかしいのに、もっと欲しくなる。

下腹部が痺れるように疼く。自分の力だけでは立っていられなくなり、アリーシェはグラムに背中を預けた。

「は、ぁ……」

荒くなる息の中、グラムの指示通りアリーシェは鏡を見続けていた。

――鏡の中で、淫らにグラム様にしなだれているのは誰?

それは欲に染まったアリーシェ自身。もうすでに「痣を消すために必要なこと」という建前さえアリーシェの中では抜け落ちていた。ひたすらグラムが与えてくれるものを貪るだけだった。

「あっ、んっ……」

胸を堪能したグラムの手は少しずつ下がっていき、何も纏っていない両脚の付け根へと到達する。力の入らない脚をとっさに閉じたが、グラムにとって抵抗ともいえないものだった。

「ひゃんっ」

割れ目を指でなぞられて、アリーシェの口から子猫のような声が漏れた。

「グ、グラム様っ」

狼狽えるアリーシェにグラムは宥めるように囁く。

「大丈夫だ。力を抜いて。少し解す必要がある」

指が花弁をなぞり、蜜口を探る。アリーシェは荒い息を吐きながらじっと鏡を見続けた。

グラムの指が動くたびに、アリーシェの薄い下腹部が震える。

じわりと染み出した愛液が、グラムの指を濡らした。

「……やはりお前は覚えが早い」

指の動きに合わせて無意識のうちに腰を揺するアリーシェを鏡越しに見て、グラムが艶然と笑った。

――恥ずかしい。恥ずかしい……！

でも身体はどこもかしこも疼いてグラムの愛撫を待ちわびている。

割れ目に差し込まれた指が中を探り、上側の部分を撫でる。するとアリーシェの身体がビクンと大きく揺れた。

「あっ、ひゃあっ！」

そこはアリーシェの最も敏感な部分にほど近い内側の部分だった。触れられるたびに勝手に身体が跳ねあがり、口からは喘ぎ声が零れ落ちる。

「あっ、だめ、そこ、ばっかりっ」

グラムの指は感じる部分を執拗に責めたてた。そのたびにアリーシェは身体を戦慄かせる。

「んぁ、あ、んんっ、あ、何か、変、グラム様、ぁっ、あ」

身体の奥からぞわぞわと這いあがってくるものがあった。グラムの指を受け入れている蜜壺が激しく蠕動を始める。

「アリー、イキたいか？」

聞かれてアリーシェは訳も分からず頷いた。苦しいような甘いような、気持ちいいような、気持ち悪いようなこの不可解な状態から早く解放されたかった。

「自分がどれだけ淫らなのかちゃんと分かるように鏡を見ながらイクんだ、アリー」

「あ、あ、ぁあ」

鏡の中のアリーシェは、焦点が合わなくなりつつある目で自分を見返しながら、頬を赤く染めて喘ぎ声を上げていた。

——ああ、ああ、なんて、なんて、私は……。

「イけ」

グラムの中指が感じる部分を擦り上げると同時に、親指が蜜壺の少し上にある花芯をぐりっと押しつぶした。

次の瞬間、アリーシェの中でパーンと何かが弾けて決壊する。

「あ、あああああああ！」

アリーシェの嬌声が寝室中に響き渡る。

ビクンビクンとアリーシェの身体が大きく引きつった。足はガクガクと震え、力なくグラムに背中を預けている。

「んっ……あ、はぁ、あは、あ」

もう鏡を見るどころではない。ぐったりとグラムに寄りかかりながらアリーシェは生まれて初めての絶頂に意識を飛ばしかけていた。

けれどグラムは容赦なかった。痙攣を続ける蜜壺に二本目の指を入れると中を解していく。気絶することを許されなかったアリーシェは、グラムの指を受け入れるしかなかった。

「あっ、んんっ、んン、あ、はぁ」

指が三本に増やされ、中でバラバラに動く指が頑なな処女地を拓いていく。一方で、グラムはアリーシェの感じる部分を弄ぶことをやめなかった。

やがて二度目の絶頂に追いやられたアリーシェは鏡越しにグラムに見守られながら達した。

ぐったりとなったアリーシェを抱き上げて、グラムは彼女の身体をベッドに運ぶ。

「あ、っ……ン、ん、は……あ……」

全身を震わせ、荒い息を吐くアリーシェを見つめながらグラムは自身の服を剥いでいく。

ようやく少しだけ息が整ったアリーシェが重い瞼を開けると、そこには自分に覆いかぶさろうとしている力強いグラムの肉体があった。

「あっ……」

二度絶頂に達した影響で全身の力が抜けてしまっているはずなのに、グラムの均整のとれた身体を見て、アリーシェは子宮が疼くのを感じた。

――ああ、なんて綺麗な身体なのかしら。

どうやらグラムは着やせするタイプらしい。普段はローブで覆われているせいで分からなかったが、程よく筋肉のついた体格をしていた。

離宮に軟禁されて育ったアリーシェは他の男性の裸体を見たことはないが、グラムの持つ優美な肉体がとても素晴らしいものであることは想像がついた。

幸いなことにまだトラウザーズを脱いでいなかったおかげでアリーシェはグラムの凶暴な性器を目にすることはなかったが、もし男性の身体に詳しくないアリーシェが反り返ったグラムの屹立をその目で見ていたら、きっと怯えて固くなってしまっていただろう。

「アリー、今からお前を抱く。嫌だと言ってももう止められないし止めない」

「……止めないでください。グラム様。私をどうか奪って」

アリーシェはうっとりとした笑みを浮かべてグラムに手を差し伸べた。

「っ、アリー……！」

それがグラムの最後の理性を引きちぎってしまったのかもしれない。何も言わずにグラムはアリーシェに覆いかぶさり、その唇を奪う。すっかりキスに慣れていたアリーシェは唇を開いてグラムの舌を受け入れた。絡まり合う舌の感触にアリーシェは陶然となった。

キスにうっとりと酔いしれている間に下衣を脱ぎ、アリーシェの脚の間に身を落ち着かせたグラムは、彼女の脚の膝裏を掬い上げた。

腰が浮き、会陰が上向いて晒される。グラムはキスを中断するために顔を上げ、己の先端の位置を割れ目に合わせると、ゆっくり腰を進めていった。

「あっ、く、っ」

固く閉ざされていた隘路をグラムの屹立が広げていく。いくら指で解されたとはいえ、処女であるアリーシェの膣は狭く、まだ男を受け入れるようにはなっていない。

「ふ、くっ……っ」

痛みをこらえて歯を食いしばるアリーシェの目にはうっすらと涙が浮かんでいた。

「大丈夫か？」

気遣うようなグラムの声に、アリーシェは必死で頷いた。グラムを受け入れている部分の圧迫感と異物感がひどく、うまく息が吸えていない気がした。けれどそれを言ったらグラムが中断してしまうかもしれない。そしてアリーシェを気遣って二度と抱いてくれないかもしれない。それこそアリーシェが恐れていたことだ。

「大丈夫です。続けてください」

痛くて苦しかったが、アリーシェはグラムを最後まで受け入れたかった。

——好き、大好きです。グラム様。グラム様のためならこんな痛みくらい我慢できる。

グラムはアリーシェの腕を取って自分の背中に回させた。

「辛かったら、いくらでも爪を立てて構わない。傷くらいすぐに消せるからな」

言いながらグラムは少しずつアリーシェの胎内に屹立を押し込んでいく。

「あっ……」

アリーシェは必死にグラムに縋りついて内臓が押しつぶされそうな圧迫感と痛みに耐えた。やがて、何かがブツンとちぎれたような衝撃と痛みの後、とうとうグラムはアリーシェの最奥まで達した。

アリーシェの両脚の付け根に、グラムの腰が触れる。

——ああ、とうとうグラム様と一つになれた。

胎内でどくどくと脈打つ肉茎はまるで別の生き物のようだ。けれど確かにアリーシェの中にあって満たしている。そう、満たしているのだ。

「くっ、ん、んんっ」

痛みに涙を浮かべるアリーシェにグラムはキスをした。触れるだけのキスだったが、その仕草はとても優しいものだった。

だが、アリーシェが落ち着いたと見るやいなや、グラムは抽挿を開始した。

「あっ、くっ、あ、ああ」

抜けそうなところまで引いたと思ったら、今度はずぶんと奥に打ちつけられる。それが何度も何度も、強弱を変えて繰り返された。

「あっ、んん……、ん、は、あ」

最初は痛みしか感じられなかったアリーシェだったが、痛みの中ですっかり遠ざかっていた快感が次第に差し込むようになっていた。

「あっ、んんっ、あ、あ、はぁ、ん」

グラムはアリーシェを揺さぶりながら、乳房や頂、それに花芯に触れて、アリーシェの身体を高ぶらせていく。痛みは遠ざかり、いつしかアリーシェは快感だけを拾うようになっていた。

ズンと押し込まれるたびに快感が背筋を駆け抜けていく。

繋がっている部分からぬちゃぬちゃといやらしい水音が響いてくる。それすらも、快感を高める道具にしかならなかった。

——気持ちいい。

「ああ、いい、グラム様、もっとください、もっと」

アリーシェはグラムの肩にしがみつき、いつしか同じリズムを刻み始めていた。

「くっ、匂いが強くなっていく。っ、本当に、こらえ性のない身体だな、アリー」

早くも自分も追い上げられていくのが悔しいのか、時折グラムはアリーシェを言葉で嬲る。だがそれも、アリーシェには悦楽のスパイスでしかない。

「んんっ、ごめん、さない。グラム様っ、でも私、私、グラム様になら、何をされても——あああっ」

パンッと肉を打つ音が響き渡る。一際強く突き上げられ、アリーシェの喉から甘い悲鳴が上がった。おまけに太い先端で奥をぐりぐり擦られてはたまらない。アリーシェは涙を散らしながら身体をくねらせた。

「んんっ、あ、はぁ、グラム様。グラム様ぁ」

グラムの腰の動きも速くなっていく。余裕が消え、アリーシェの身体で己の欲を解放するための動きになっていた。激しく揺さぶられ、グラムの下でアリーシェの身体が大きく跳ねた。

「あ、あっ、んん、ぁあ」

ますます強くなっていく悦楽に、アリーシェはグラムの背中に手を回して縋りつく。

「あっ、ああ、グラム様、私、私っ」

「ああ、イキたいのか、アリーシェ。大丈夫だ、一緒にイこう」

次第にパンパンという肉がぶつかる乾いた音が大きくなっていく。アリーシェはグラムの動きに合わせて揺さぶられながら、三度目の絶頂の波が押し寄せてくるのを感じた。

けれどそれはすでにアリーシェにとっては恐ろしい未知のものではなく、はるか高みを感じさせてくれる尊いものに変わっている。

「イク、あ、イクッ、あああああ！」

アリーシェは自分に襲いかかる白い波に身を任せ、絶頂に達した。胎内で膣肉が蠢き、グラムの肉槍を容赦なく扱き上げる。

「くっ……っ」

グラムは逆らうことなくアリーシェの中に己を解き放ち、熱い飛沫を胎内に注ぎ込んだ。

「あ、ん……あ……あ」

胎内に流し込まれる熱い飛沫に、アリーシェは身体を痙攣させた。ぼうっとした頭の中で、たった今子宮で受け止めた子種に、なぜか身体が作り替えられていくような不思議な感覚を味わっていた。

——変わっていく、何かが私を変えていく……！

するると急に額が熱くなった。その熱は瞬く間にアリーシェの身体全体に広がっていく。

「あ……？　あ、ああ……」

アリーシェの目の前が白く染まり、何も分からなくなった。

意識が白い闇の中に沈んでいく。けれど完全に意識が閉ざされる前に、どこか遠くで、いや、近くで声がしたような気がした。

「選定は成され、『神の花嫁』が誕生した——」

誰が声を発したのか確かめる間もなくアリーシェの意識はそこで途絶えた。

　気を失ったアリーシェは優しく彼女の額を撫でるグラムの手に、まったく同じ痣が浮かんでいたことを知る由もなかった。

第4章　忍び寄る影

「お母様。わたくし、いつになったら聖帝陛下のお妃になれますの？」

ロジェーラ国第二王女モニカは、不機嫌そうに母親である王妃に尋ねた。

「もう少しの辛抱よ、モニカ。今、あの小娘を探させているから。見つかり次第あなたは聖帝陛下に嫁げるようになるわ。分かっているでしょう？」

「分かってはいますけれどぉ……」

モニカは口を尖らせると、肩にかかった髪を鬱陶しそうに払った。

王妃エメルダは、不機嫌であるにもかかわらず美しい自分の娘と豊かにうねるその金色の髪に満足げな視線を送る。

モニカは母親譲りの金髪に青い目を持つ美しい少女だった。まだ十五歳になったばかりで、成人と認められているわけではないが、その美しさと可憐さは周辺諸国へも轟いており、国内外の王族や貴族から縁談が絶えることはない。

その縁談の中にはロジェーラよりも大きな国の王子からのものもあったが、エメルダは一顧だにしなかった。シュレンドル帝国の皇帝こそがモニカに相応しいと思っているからだ。そしてモニカ自身もそう思っていた。

「それにしても、シュレンドル帝国がどうしてあんな地味な義姉様にこだわるのかと思っていたら、痣のせいだったのね。不吉の証だと思っていたのに、聖痕だったなんて……」

その事実が気に入らないようで、モニカは顔を顰めた。自分の美貌に自信のあるモニカは、地味で、しかも顔に痣があるアリーシェを完全に下に見ていたのだ。嘲笑の対象だった異母姉が、自分を差し置いて聖帝の妃候補になっただけでも許せないのに、バカにしていた痣が聖痕だったことに苛立ちを隠せないようだった。

「そうね……。ジェリド侯爵から教えてもらわなければ、取り返しがつかなくなるところだったわ」

ジェリド侯爵によれば、神の子である聖帝の妃はある特殊な条件の娘から選ばれるのだった。

その条件というのが、聖帝の誕生から十年以内に生まれた女児であること。そして、生まれつき痣を持っている女性であること。この二点だった。これに当てはまるのであれば、他国出身でも平民出身でも構わないのだそうだ。

現に先代の聖帝の伴侶は北方の王国出身の平民の女性だったらしい。

『なぜ、聖帝の妃だけ例外的な方法で選ばれるのかといえば、聖帝が初代皇帝――すなわち神の子の血を濃く継いでいるからです』

神は聖帝の誕生に合わせて、相応しい女性に印をつけて地上へと送り出す。その印というのが聖痕だ。神が聖帝のために用意した女性たちは身体のどこかに聖帝と同じ形の痣を持って生まれてくるとされている。

聖痕を持つ女性は時代によって一人の時もあれば複数人現れる時もあるようだ。聖痕持ちの女性が複数現れた時は、聖帝、あるいは『神の庭』の管理者である隠者によって選定が行われ『神の花嫁』が決まる。

『今代の聖帝陛下が生まれた瞬間から、帝国はあらゆる手段を使って聖痕らしき痣を持つ女性を探していました。そして聖帝陛下が二十歳になるまでに見つかった候補の女性は全部で三人。その中の一人がこのロジェーラ国の第一王女アリーシェ殿下です』

ロジェーラの国王は痣のことが広がらないようにアリーシェを病弱だと偽り、離宮に軟禁してめったに公の場に出さなかった。どうしても公の場に出さなければならない時はベールを被らせ、第一王女の顔に痣があることを隠そうとした。

けれど、いくら箝口令をしいたとしても、人の口に戸は立てられない。ましてや離宮に侍女として送り込まれた者たちはみなアリーシェの素顔を目にしている。噂が広がらないはずはなかったのだ。

帝国はアリーシェの噂を耳にすると間者を送り込み、実際にアリーシェの痣を確かめた上で彼女を妃候補にしたらしい。

　エメルダは、アリーシェが離宮に療養と称して軟禁されていた事実を帝国に知られていると知り、激しく動揺したが、ジェリド侯爵の『ご安心を。モニカ殿下が聖帝の妃になればそのような問題は些細なことです』という言葉に安堵した。

『公式ではないものの、すでに聖帝陛下はアリーシェ殿下以外の妃候補の女性たちとは面会を果たしているようです。ですが、選定は行われないままでいます。聖帝はまだ誰を自分の伴侶にするか決めておりません。ですから、今がチャンスなのです』

　エメルダたちを唆すようにジェリド侯爵は言った。

『対面していない今なら、アリーシェ殿下からモニカ殿下へ妃候補のすげ替えが可能です。でもそれにはどうしてもアリーシェ殿下の身柄が必要なのです。エメルダ王妃陛下、私の言っていることは分かりますね？』

　つまり、何としてもエメルダとモニカはアリーシェを探し出さなければならないのだ。それも生きたまま。

「陛下も探させているようだけど、手がかりすらないらしいわ。……まったく、あの愚図な娘はどこにいるのやら。幸いにも帝国には行っていないらしいけれど」

　ジェリド侯爵は行方不明になっているアリーシェが聖帝や聖帝の側近たち、あるいは高位の貴族によって匿われている可能性はないと断言している。エメルダに協力するにあたり、彼はそのことを前もって詳しく調査したようだ。

「ジェリド侯爵が味方になってくれるのは本当に心強いことね。彼の期待に応えるためにも、一刻も早くあの娘を探し出さないと……」

「エメルダ様。そのことなのですが……」

近くに控えていた侍従のヨハネスがそっと口を挟んだ。

「私の弟夫婦が懇意にしているロスジェナ商会の次男が、探している人物かもしれない娘を知っていると言ってきているそうです。私の部下がその次男に会って詳しく話を聞く予定なのですが、もしかしたら当たりかもしれません。アリーシェ殿下が最後に目撃されたとされている国境からそれほど離れていない場所のようですから」

「まあ、それは本当なの？」

真っ赤な口紅が塗られたエメルダの唇が大きく弧を描く。

「その商会の男から話を聞き出し、すぐに捜索を始めさせなさい。生きていれば多少傷つけても構わぬ。何としても探し出し、ここに連れてくるのよ！」

＊＊＊

情事を終えてぐったりとベッドに横たわるアリーシェに、グラムが尋ねる。

「水、飲むか？」

「は、い……」

返事をしようとしたアリーシェは、そこでようやく自分の喉が嗄れていることに気づいた。どうやら喘ぎすぎて喉を痛めてしまったらしい。

「少し待ってろ」

グラムはベッドから下りて服を身に着けると、台所に向かった。しばらくして水が並々と注がれたコップを手に寝室に戻ってきた彼は、アリーシェを抱き起こして口移しで飲ませ始める。

「んっ……ん、んぅ」

生暖かい口づけの感触と共に冷たい水が口の中に送り込まれてきた。喉の渇きを覚えていたアリーシェは夢中でその水を喉の奥に流し込む。

「ふ、ん……もっと……」

唇が離れていくのを感じたアリーシェは、もっと水が欲しいとねだった。その声に応じるかのように、グラムの口が再びアリーシェの唇を覆う。流し込まれる水を、アリーシェは美味しそうに嚥下する。

それを数回繰り返し、持ってきた水がすべてなくなる頃には、もはや口移しは関係なく二人は深いキスを交わしていた。

「ふぁ……ん、っ……」

歯列をなぞり、舌を絡ませ合う。一度は満足したはずなのに、再び子宮の奥が疼いてたまらなくなる。グラムもまたキスによって煽られたのか、アリーシェの腰に当たっている膨らみがトラウザーズ越しにも硬くなっているのが分かった。

「アリー……」

欲情の色を乗せた金色の目がアリーシェを見下ろす。応えるようにアリーシェの若草色の目が潤み出す。

グラムがそのままアリーシェを再びベッドに押し倒そうとした次の瞬間――。

「ピー！　ピー！　ピー！」

警告音のような声を発しながら、窓の隙間から寝室に乱入した小鳥がグラムの頭に突撃した。

「痛っ、おい、やめろ、分かったから！」

「ピィ――！」

ヴィラントは「いい加減にしろ！」とでも言いたげにけたたましく鳴きながらグラムの頭を何度も何度も突く。

――ヴィラントったら、もうおやつを食べ終わってしまったのね。

二人の情事が始まると、ヴィラントは気を使っているのかどこかに姿を消すのだが、あまり長時間放っておくと、時々こうして自分の存在を忘れるなとばかりに邪魔をしにくることがある。

こうなるともう肌を重ねるどころではなくなってしまう。まぁ、それを狙って邪魔をしに来ているのだろうが。

グラムは自分の頭を突くヴィラントを片手で捕まえ、ベッドから立ち上がった。

「分かったよ、採ってくればいいんだろ？　はぁ、まったく。食べ物なんて必要ないくせにどうしてこんなに食い意地が張ってるんだか……」

うんざりしたように呟くと、グラムはアリーシェを振り返った。

「畑からカブを収穫してよこせとこいつが言ってる。俺が取りに行ってくるからアリーは休んでいろ」

「はい」

くすくすと笑いながらアリーシェが頷くのを確認して、グラムはヴィラントを連れて寝室を出て行った。

――グラム様は休んでいろと仰ったけれど、そういうわけにはいかないわよね。夕飯の支度もあるし……。

ひとまず着替えをしようと、アリーシェは力の抜けた身体を叱咤しながらベッドから下りようとした。そのとたん、両脚の付け根から何かの液体がトロリと零れ落ちていくのを感じて動きを止める。

それはグラムが先ほどアリーシェの中に放った子種だった。

——ああ、もったいない。せっかくグラム様が注ぎ込んでくださったのに。

アリーシェは手を伸ばして自分の下腹部を撫でた。普段はまっ平らなそこが、今はほんのり膨らんでいるように見えるのは、たっぷりと子種が注がれたせいだろうか。

熱い飛沫を胎内で受け止めた時のことを思い出し、アリーシェの子宮が甘く疼いた。

「グラム様……」

痣を消すためという目的で行っているはずなのに、いつしかアリーシェの中では行為そのものが目的に変わっていた。

グラムに会うたびに、彼が欲しくなる。声を聞くだけで、身体が疼いてしまう。

それはアリーシェだけではないようだ。グラムもまたアリーシェと会うたびに手を出さずにいられないようで、二人はまるで恋人のように淫靡な逢瀬を繰り返していた。

——私、すっかりグラム様に溺れているわ。

もともと恋心を抱いていた相手だ。身体の関係ができれば、溺れてしまうのも当然と言えよう。

けれどアリーシェは、自分の気持ちをグラムに押しつける気はなかった。今は傍にいるだけで十分だ。

――このままずっと、グラム様とヴィラントと一緒にこの森で生きていきたい。

それがアリーシェのたった一つの願いだ。

「そのために、私にできることは精一杯やらなくちゃ」

アリーシェは下着と服を拾い集めて身に着けると、キッチンに向かった。

＊＊＊

『四六時中盛るな！　あと、アリーシェを独り占めするな！』とうるさいヴィラントをともなって畑へとやってきたグラムは、ふぅとため息をついた。

「ここならアリーに話を聞かれることもないだろう。それで、ロジェーラの兵士が森に偵察に来ていたって？」

「ピィ」

その通りだとヴィラントが鳴く。つい数十秒前まではけたたましく喚いていたのに、今は嘘のように大人しくなっていた。

「ピーィ、ピュイ、ピ――」

ヴィラントが言うには、グラムとアリーシェが寝室にいる間、暇を持て余して空を飛びまわっていた彼は、ロジェーラ側から森を窺っている一団がいることに気づいたのだという。普通の鳥のフリをして近づくと、それはロジェーラ軍の装備を身に着けた兵士だった。

兵士たちの会話から、彼らはこの森にアリーシェ王女が住んでいるという話が本当かどうか確認しに来たのだということが分かった。

「アリーシェ王女を捜索している騎士がラージャ村に現れたという話は聞いていないが……ああ、なるほど、アリーの言っていた商人のせいだろうな」

「ピ！」

「ああ、分かってる。そいつと親の経営する商会とやらには十分に礼をしてやらないとな」

酷薄な笑みがグラムの口元に浮かんだ。だが、その笑みはすぐに消える。

「そいつらが小屋までたどり着けるとは思えないが、万が一ということもある。危険だと感じたら他に逃げ込む場所を教えておく必要があるな。この際だ、アリーに神域のことを教えておこう。今のアリーなら問題なくたどり着けるだろう」

「ピィ」

同意とばかりにヴィラントがグラムの肩の上で鳴いた。

「やれやれ。しばらく森も騒がしくなるだろう。まったく、アリーと出会ってからは退屈とは無縁だな」

そう言いながらも、小屋に戻っていくグラムの顔には微笑みが浮かんでいた。

＊＊＊

それから五日後、アリーシェはグラムと並んで森の中を歩いていた。

――まさか、グラム様の住む森の中心に行けるだなんて！

『アリー、今度一緒に森の中心に行ってみないか？　森の中は安全とはいえ、外からの侵入を完全に防げるわけではない。狩猟小屋は森の入り口にも近いから、偶然たどり着く可能性もある。万が一のことがあったら迷わず小屋を出て森の中心に逃げ込めるように、一度行っておくべきだろう』

そう言ってグラムは近々アリーシェを森の中心にある「神域」と呼ばれる場所に案内すると告げたのだ。

森の中心には近づいてはいけないとずっと言われていたのに、それは問題がなくなったのだろうか。尋ねても『今のお前ならおそらく神域にも入れるだろう』と言われるだけだった。

よく分からないが、グラムが普段住んでいる場所に行けるのなら、それは嬉しいことだ。

それに、森の中心は神が降臨したとされるまさに神話の舞台だ。この森がまだ存在するとファナに聞いた時から、叶うのなら行ってみたいと思っていたところだった。

歩いていると、いつものように霊獣たちがどこからともなく現れてアリーシェたちの後をついてくる。十分もしないうちに二人は五、六頭の獣たちに囲まれていた。

――森の中心までどのくらいかかるのかしら？　前にファナに地図を見せてもらった時は、かなり大きかったから少なくとも半日以上歩かなければたどり着けないかもしれない。

そう思っていたら、歩き始めて十五分ほど経った頃、森の中心へ向かう道の様子が突然変化した。今まではただの森の道だったのに、いつの間にか木がアーチ状になった道に変わっていたのだ。そしてアーチ状の道になったとたん、霊獣たちはついてこなくなった。

「グラム様、霊獣たちが……」

「大丈夫。彼らはこの道が森の中心地に直接繋がっていると知っているから、入ってこないんだ。森の中心地は神が残した力の吹き溜まりになっている場所だ。長くいると危険だと霊獣たちは本能的に悟っているから、これ以上近づいてこない」

アリーシェはぎょっとしてグラムを見つめる。

「霊獣たちでも危険だなんて、私たち人間が行っても大丈夫なんですか？」

「大丈夫だ。俺は管理者だし、今ならお前も森の中心に近づいても大丈夫だろう。一応保険をかけるつもりではあるが」

「保険？」

首を傾げたが、詳しく説明してもらう前に急にアーチ状の道が途切れて、開けた場所に出て、アリーシェは言葉を失った。

「ここは……さっきまでとは全然違います……」

目の前に広がっているのは、さっきまでの高い木々に覆われた鬱蒼とした森ではなかった。近くには小川が流れており、透き通った水が太陽の光を反射している。小川のほとりには木はあってもそれほどの高さはなく、天を仰げば青い空が広がっていた。

「ここは森の中心にほど近い場所だ。まだ神域ではないが、その手前の場所だと思えばいい」

アリーシェは目を丸くする。

「え？　もう中心に来ているんですか？　でも私たち、小屋を出てから三十分も歩いていないような……」

「近道を通ったからな」

「近道……？」

考えられるとしたらあの不思議なアーチ状の道だ。

——あの道がたぶん、ものすごい距離を短縮させたのではないかしら。どういう原理かは分からないけれど。あれもきっとこの森の神秘の一つなのでしょう。

「さて、ここから少し進んだ場所に森の中心——『神域』がある。けれどそこに行く前に保険をかけておこう。アリー、こちらへ」

小川のほとりに立ったグラムがアリーシェに向かって手を差し伸べた。アリーシェは不思議に思いながらもグラムの手を取る。するとグラムがいきなりニヤリと笑ってアリーシェの身体を抱き寄せた。

「アリー、保険というのはな、お前のここに子種を注ぎ込むことだよ」

グラムの片方の手のひらがアリーシェの下腹部を意味ありげに撫でる。

「え？　え？　それは一体どういうことでしょうか？」

「万が一お前が『神域』に流れる神力に耐えられなくなった場合、俺の体液に込められた魔力を使って防御する。そのために、今は大人しく俺に抱かれておけ」

「こ、こんなところでですか!?」

アリーシェは仰天した。

「こ、ここ、お外ですよ!?」

「外だろうが家の中だろうが、誰も見ていないんだから構わないだろう？」

言いながら、グラムは慣れた手つきでアリーシェのワンピースのボタンを次々と外していく。支えを失った服はするすると下に滑り落ちていった。

「構います！　あっ、だ、だめです！」

両腕を胸の前でクロスさせて最後の砦でもあるシュミーズとドロワーズを死守しようとするも、抵抗空しくグラムの手によってはぎ取られていく。アリーシェは、自分では抵抗しているつもりでも、身体は無意識にグラムのすることを受け入れてしまっているため、まったく妨げにならなかった。

「ああ、見ないでください！」

全裸にされたアリーシェは、顔を真っ赤に染めてグラムの視線から自分の身体を隠そうとした。もっとも、豊かにはり出す乳房も、すでに蜜をたたえ始めている脚の付け根も、アリーシェの細い二本の腕ではまったく隠せていなかったが。

「ヴィラントは先に神域に行かせたから、誰もいない。恥ずかしがることはないさ」

「誰もいなくてもっ、恥ずかしいものは恥ずかしいんです！」

「どうせすぐに恥ずかしさも忘れるさ。たまに外でやるのも新鮮でいいと思わないか？」

グラムはアリーシェの素肌に手を這わせながら囁いた。

「そ、そんなっ、あ、あんっ、だめっ」

すっかり硬く立ち上がった胸の飾りを摘まれてアリーシェは鼻にかかった声を出した。

グラムはアリーシェの乳房に唇を押し当てると、そのまま胸の頂や膨らみにキスをして触れ、舌や歯で嬲って舐めつくし、滑らかな肌を堪能しながら下に滑り下りていく。

「んっ……っ、あ、だめ、やめ……ぁあ」

おへそを過ぎ、下腹部に到達したところで、グラムはアリーシェの前に跪き、更に下へとたどっていった。アリーシェはただただ震えながらそれを受け入れている。

――ああ、変になるっ。おかしくなってしまうっ。

欲望の炎が肌をちりちりと焦がしていくようだ。恥ずかしくてたまらないのに、それに相反して身体の芯が激しく疼いていく。

「いつもより花の香りが強い。興奮しているんだな、アリー。だめと言いつつ外での行為が気に入ったか？」

揶揄(やゆ)するように言われ、アリーシェは恥ずかしくて顔を覆った。

グラムの言う通りだ。だめだと思うのに、どうしてかいつもより感じてしまう。拒否したい気持ちはあるのに、いつもと違うシチュエーションに、身体はますます興奮を覚えていく。

「ここも、すごく濡れているな。脚を開いて見せてくれ。ああ、いい子だ。そう」

「あっ、あ……ぁあ」

言われた通りに脚を開いたアリーシェの割れ目に鼻先を押しつけたグラムは、そのまま舌を伸ばして欲望の泉から溢れる愛液を啜(すす)り始めた。

「ひゃ、あ、……んく、あ、はぁ、だめ、おかしく、なるっ」

敏感な花弁や花芯に舌や歯が触れるたび、痺れるような快感が突き抜ける。奥から絶えずあふれ出てくる愛液をグラムが舌で掬っては舐め取っていく。その淫靡な感触に脚がガクガクと震えて、自分を支えられなくなった。

——ああ、もう、だめっ……！

膝が力を失い、ガクンと崩れおちる。

「おっと」

グラムはとっさに自分の身体でアリーシェを受け止めた。

グラムの膝の上に座り込む形になったアリーシェは、素肌に触れるトラウザーズのざらざらした生地の感触にぶるっと身を震わせる。

「あ……ン……、ん……」

「ちょっと弄りすぎたかな。まぁ、いいや、このままで」

ゴソゴソと衣擦れの音がした。重い瞼を開けて見下ろしてみると、ちょうどグラムがトラウザーズの前を寛げたところだった。窮屈な場所に押し込められていたものがピンと飛び出してくる。それはずっしりと重そうな怒張だった。反り返って天を向き、先端からは先走りの液がにじみ出ている。血管の浮いた凶暴なまでの性器に、アリーシェの喉がコクンと鳴った。

「欲しいんだろう？　ならやることは分かっているな？」

「……あ……」

欲しいなら自分で入れろと言いたいらしい。

まだまだ初心者なアリーシェにとって、自分から求めることがどれほど恥ずかしくて難しいことか。グラムはきっとそれを知っていてそんな要求をしてきているのだろう。

──恥ずかしいけれど、欲しい。グラム様が欲しいの。

張りつめた怒張を見下ろし、今からこれが自分の中に入って暴れ回るのかと思うと、期待に子宮がキュンと疼くのを感じた。

「グラム、様……」

羞恥に顔を真っ赤に染めながら、アリーシェはグラムの肩に手をのせ、彼の肉槍目がけて慎重に腰を下ろしていった。

グラムは悠然(ゆうぜん)とした態度でそれを眺めている。

──ああ、私はなんて淫らなのかしら。

そう思いはすれど、アリーシェが止まることはなかった。

濡れそぼった割れ目に位置を合わせると、ぐっと腰を沈めていく。太い先端がアリーシェの蜜口にずぶずぶと音を立てて呑み込まれていった。

「あっ、んんっ」

何度身体を重ねようと、この最初の瞬間だけはどうしても慣れることができない。入るだけで腰砕けになってしまい、身体に力が入らなくなる。要するに感じすぎるのだ。

──ああ、だめ、落ちる……！

「あ、あああ！」

力の抜けた手足は踏ん張りがきかず、アリーシェは屹立の上にストンと腰を落としてしまった。自分の体重が加わり、一気に奥まで貫かれたアリーシェは脳天を突き抜ける快感に抗えず、一気に頂点に押しやられた。

「あああ――――っ！」

全身がわななき、目の前で星がチカチカと瞬いた。何も分からなくなったアリーシェは、支えるものを求めてグラムの肩に縋る。

「あ、くぅ、ん、んあ、ああ」

腰を下ろしたままぶるぶる震えるアリーシェの背中をグラムが撫でる。けれどそれは慰めるためでも落ち着かせるためでもなく、更にアリーシェの官能を高ぶらせるためだった。

背筋に沿って指を下ろしたグラムは、アリーシェの双丘の割れ目の部分を執拗に撫でた。そこはアリーシェの性感帯の一つで、貫かれながら触れられるとあっという間に達してしまうのだ。そこに前側から花芯を弄られてはたまらない。アリーシェはビクンと身体を揺らして再び達した。

キュウッとアリーシェの媚肉が蠢き、グラムの肉茎を締めつける。

「あっ、だめ、そこはだめ、グラム様！　イッてるの、イッてるのに！　ああ、止まらないっ」

ぐりぐりと突き上げられながら腰を回されて、アリーシェは甘い悲鳴を上げた。イキながらまた達したのだ。

　淫悦が背筋を駆け抜け、波のようにうねっては押し寄せて指先にまで達する。

「あーっ、あ——！」

　ビクビクと腰を揺らしながら、アリーシェは背中を反らした。目の前でふるふると揺れる乳房を堪能したグラムは、笑いながらアリーシェの腰に腕を巻きつけると激しく突き上げる。

「あっ、や、意地悪っ」

　アリーシェは強すぎる快感を逃がすためにグラムの首に抱きついた。グラムはそのままリズミカルにアリーシェを突き上げる。

「あっ、あっ、んんっ」

　グラムの首にかじりついたアリーシェは声を殺そうとした。ここは家の中ではなく外だという気持ちが働いたからだ。けれど、グラムは容赦なくアリーシェの感じる場所を太い先端で突いていく。

「お前が悦んでいることを森の連中に教えてやれ」

「ああっ、あああああ！」

　もう何度目の絶頂だろうか。引いてはすぐに押し寄せる法悦の波に翻弄され、アリーシェは全身でグラムに縋りついた。上下に揺さぶられながらも、グラムの腰に足を絡ませ

てぎゅっと引き寄せる。それにより、深く入り込んだ楔の先端が、快感により降りてきていた子宮を揺らした。

「ひゃぁあああああ——！」

一際高い嬌声を響かせてアリーシェが再び絶頂に達した。

うねる膣肉の蠕動に、グラムも歯を食いしばった。アリーシェの首に顔を埋めてかぐわしい花の香りを堪能しながら己を解放する。

熱い飛沫がアリーシェの胎内に打ちつけられる。すっかりなじみになったじんわりとした感触がアリーシェの膣に広がっていく。

アリーシェは身体を震わせながら、グラムの子種を子宮で受け止めた。

よたよたと歩きながら、アリーシェは恥ずかしさのあまりどうにかなりそうだった。

グラムのローブに真っ赤になった顔を押しつけ、ぎこちない動きで森の中を進んでいく。

動くたびに両脚の付け根から注がれたばかりの子種が零れて太ももを伝わっていくのだが、グラムはまったく気にしていないようだった。

「に、二度と外で淫らな行為はしませんから！」

けれど、涙目で睨みつけるアリーシェを、グラムはにやにや笑いながら見るだけだった。

ろう。

二度とやらないと言いつつ、グラムの誘いをアリーシェが断れないのを知っているからだ
「そうか。残念だ」

「もう。疲れ果てて小屋に帰る体力がなくなったらどうするんですか」

「俺の部屋で休んでいけばいい」

「そういう問題ではありません！」

アリーシェがむくれると、非常に珍しいことにグラムが声に出して笑った。

「ははは！　……ああ、ほら、着いたぞ。神域へようこそ」

その言葉にアリーシェが前を向くと、そこにはまったく予想外の光景が広がっていた。

「これは――！」

草木に彩られた深い森は、アリーシェの立っている場所で唐突に終わりを告げていた。

そこから先は光の具合か、うっすらと青く見える透明の石柱と石の世界。

――これ、……もしかして、これは水晶？

一歩踏み出すと、足元でパリンパリンと薄い石が割れるような音が響いた。小さな水晶が足元で粉々に砕けている。それは一度だけではなく、踏みしめるたびに靴の下でガラスを踏みしだくような音がした。

「ここは、水晶の森なのね」

そうとしか言いようがなかった。草木の代わりに水晶の角柱が天に手を伸ばすように乱立している。地面すらも水晶に覆われて土らしきものは見当たらなかった。

「ここが神の降臨した地だ」

「ここだけまるで別世界みたい……」

——森の中心にこんな場所があるだなんて。

なるほどと思う。確かにここは神がいたとしてもおかしくないような場所だ。

「あら、あの建物は？　神殿ですか？」

水晶の地のちょうど中心部分に小さな建物が見えた。造りからして神殿のようだ。

「あそこは神とその伴侶である娘が住んでいた場所だ。今は管理者の住居として使われている。案内しよう」

「はい」

この神殿もまた水晶で作られているようで、日の光を反射してキラキラと輝いていた。

遠くから見た時の印象と比べると思ったよりも小さい建物のようだ。けれど周囲を円柱に囲まれた水晶の神殿は、今まで目にしたどの神殿や礼拝堂よりも神々しくて荘厳な雰囲気をたたえていた。

——グラム様はここに住んでいるの？　この神殿で？　暮らしにくくないのかしら。

「ここが森の管理者の部屋だ。意外に快適だぞ？」

促されて神殿の中に入ったアリーシェは今度は別の意味で驚いた。

――い、意外に普通だわ。普通の部屋だわ。

神殿の外見は水晶だが中は違うらしく、足を踏み入れると白い壁に覆われていた。神殿というのであれば普通は神の像が置いてあると思うのだが、ここにはなぜか祀るものはなく、立派なベッドや机が置かれていて、まるで貴族の寝室のような内装になっていた。

「手前の部屋が寝室だな。奥の部屋にはキッチンやテーブルなどの水回りの設備が揃っている。さっきも言ったが、もともとここは神と神の花嫁が住まうところだった。シュレンドル帝国の初代皇帝が生まれたのもこの部屋とされている」

「ここが……」

水晶でできた森といい、この神殿といい、まさしく生きた神話だ。感動のあまりアリーシェはプルプル震えた。

「こ、こんな神聖な場所に私なんかが足を踏み入れていいのでしょうか？」

「構わないさ。普通の人間であれば、一歩たりとも近づくことはできないんだが……。お前は森に認められているから何ともないだろう？　お前ほどここに相応しい人間はいない。遠慮なく好きに出入りするがいい」

「ありがとうございます、グラム様。……それで、あの……どうして私はベッドに押し倒されているのでしょう？」

ベッドに腰かけて話を聞いていたはずなのに、途中から押し倒されているのは一体なぜだろうか。

「ここのベッドの使い心地を試させてあげようと思って。お前も外での淫らな行為は二度としたくないと言っていたじゃないか。ここならば室内だから構わないだろう？」

にやりと笑うグラムの意図は明らかで、アリーシェは焦った。ものすごく焦った。

「だってついさっきもっ……」

アリーシェの膣は、先ほど注がれた子種で溢れているというのに。

「さっきはさっき。今は今だ」

「あっ、ちょ、グラム様っ」

問答無用とばかりにグラムの手がアリーシェの服をはぎ取っていく。本日二度目の情事の始まりに、アリーシェはクラクラした。

けれど戸惑う反面、こんなに求めてもらえるとやはり嬉しくなる。

——幽閉されて、いない者とされてきた私をこんなに求めてくれるなんて。ファナたちを失って寄る辺のなかった私に手を差し伸べてくれたのも、この人だけだった。

だからアリーシェはグラムを拒めない。彼が望むならアリーシェはこの肉体はおろか、命だって差し出すだろう。

——大好きです、グラム様。

アリーシェは手を伸ばしてグラムの顔を引き寄せると、目を閉じた。

＊＊＊

グラムは疲れ果てて眠りに落ちたアリーシェを起こさないようにそっとベッドから抜け出した。ローブだけを身に着けて隣の部屋に向かうと、どこからともなくヴィラントが現れて、グラムの肩に降り立つ。

「首尾はどうだ？」

「チュ！」

元気よく返事をする小鳥に、グラムは口元を緩めた。

「そうか、ご苦労だった」

いつもはアリーシェの傍から離れないヴィラントだが、今日は森の入り口に潜んでいるロジェーラ国の兵士を追い払うために特別な役割を請け負ってもらったのだ。

「さぁ、アリーが眠っている間に終わらせてしまおうか」

グラムが向かった先は、隣の居間の壁にかかっている姿見だ。アリーシェの寝室に飾られているものと寸分変わらぬこの鏡は、当然のように同じ魔法の鏡であり、森とその周辺であればグラムの望むものを映し出してくれる。

今、鏡に映っているのは森の入り口の一つだ。そこはアリーシェがラージャ村を訪れる時に使用している場所で、グラムに神域に誘われなかったら、まさしく今日通っていたはずの入り口だった。

「……いるな。五人……六人……、いや、七人か。そのうちの一人は例の商人だな。道案内でも頼まれたか」

木々の間に身を潜めるようにして周囲の様子を窺っている七人の男たちの姿が鏡にはっきりと映っていた。

「では始めよう」

言うなり、グラムは鏡に手をつき、何事かを呟く。するとヴィラントが森の入り口に撒いていたアリーシェの髪が反応し、たちまち彼女の幻影が現れた。

幻影のアリーシェはいつものワンピース姿だ。けれど本物のアリーシェと違って、前髪が分けられ、額の痣がはっきりと見えている。

「本当のアリーは自分の痣を晒したりしないんだがな。だがお前たちには痣のあるアリーシェ王女こそが必要なんだろう？」

その言葉通り、幻影を目にしたロジェーラ兵たちは『見つけたぞ！』と歓喜した。

『痣がある。間違いない、アリーシェ王女だ。捕まえろ！』

兵士たちは隠れていた木の陰から飛び出してアリーシェの幻影に飛びかかった。けれど、彼らの手が届く前に幻影はたちまち掻き消えてしまう。

『!?　どこに行った？』

アリーシェの幻影に気を取られている兵士たちは気づかない。自分たちの背後に音もなく忍び寄る霊獣たちの姿に。

と、ようやく兵の一人が霊獣に気づいたようだ。

その兵を狙っているのは狼型とハイエナ型の霊獣たちだ。アリーシェにとっては人懐こく、大人しいペットのような霊獣たちだが、本来は森に害意を持つ侵入者たちを殲滅させる役割を担っている。

『な、なぜ、森の獣がこんなところに!?　彼らの生息域はもっと奥で、出口付近には出てこないんじゃなかったのか!?　シュレンドル帝国の貴族が言っていたことと違うぞ!?』

その言葉にグラムの口元が弧を描く。グラムは酷薄な笑みを浮かべて森の管理者として命令を下した。

「霊獣たちよ。あの商人以外はすべて殺せ。生きて返すな」

たちまち鏡の中で兵士たちの悲鳴が上がった。そして一人、また一人と兵士たちが霊獣たちの爪や牙によって絶命していく。剣を抜いて応戦しているようだが、霊獣に物理的な攻撃はほとんど効かないので時間の問題だろう。

十分後には一人を残してロジェーラ兵たちは全滅した。あとに残るのは恐怖に腰を抜かした商人のアルフのみ。

「感謝するんだな。ロジェーラ国の王妃とその協力者に報告させるために殺されずに済んだことを。だがこれで終わりだと思うなよ？」

鏡越しに恐怖に震えている男を一瞥すると、グラムは鏡の映像を切った。

「これは警告だ。今回のことでシュレンドル帝国の協力者とやらはアリーシェ王女の背後に隠者がいることに気づくだろう。それで引き下がるならよし。けれど、俺の存在を知りつつアリーを狙うのであれば——容赦はしない」

グラムの金色の瞳に剣呑な光が浮かんでいた。

第5章　水面下の攻防

「森の獣に襲われて全滅ですって!?　生き残ったのは案内役をさせた商人だけとは……」

侍従のヨハネスから報告を受けたエメルダは唖然とした。

アリーシェと思しき娘が「魔の森」に住んでいるという情報が寄せられ、エメルダはさっそく兵を送ることにした。だが、森自体はシュレンドル帝国の領土なのでロジェーラ国の兵士を送り込んだら国際問題になってしまう。

そのため、アリーシェが出入りしていると思われる森の入り口を見張らせ、出てきたところを捕まえさせることにしたのだ。

――それなのに、森の獣に襲われたですって？　森の外で？　一体どういうことなの!?

「あの森の獣は外には出てこないのではなかったのですか!?」

エメルダはジェリド侯爵に詰め寄った。「魔の森」に近づくことを嫌がる兵士や案内役の商人アルフに、「魔の森」の獣は森の外には出てこないと言って安心させたのはジェリド侯爵だったからだ。

だが、王妃の詰問にもジェリド侯爵は動じることはなかった。

「ええ、『神の庭』に生息する獣は侵入者から『神の庭』を守るために存在します。言い換えれば森に入らなければ彼らの脅威はない。そう私は進言しましたね」

「でも現に森の外にいた兵士たちが獣にやられているのですよ！」

「そうです、異常事態です。……ですが、これで分かりました。アリーシェ王女は『神の庭』の管理者である『隠者』によって保護されているのでしょう。森の外側にいる人間を森の獣たちに襲わせることができるのは、『隠者』だけです」

「『隠者』ですって？　あれはおとぎ話ではなかったの？」

もちろんエメルダも「魔の森」の管理者である『隠者』の話は知っている。けれど、ロジェーラでは『隠者』はおとぎ話や伝承の中にしか登場しない存在だった。

ジェリド侯爵は眉を上げる。

「『隠者』はシュレンドル帝国の皇帝陛下によって任命された神域の管理者です。あなた方にとってはおとぎ話にすぎませんが、我が国では現実の存在なのですよ。もっとも、我々もその素性は知りません。『隠者』の顔や素性を知っているのは、聖帝陛下と宰相のルーウェン卿だけでしょうね」

「その『隠者』とやらがあの小娘を匿っていると？」

「ええ。情報をよこした商人から、王女が『魔の森』に出入りしていると聞いて、もしかしてと思っておりましたが、今回のことで確信しました。あの森に留まるには『隠者』の許可が必要ですから、王女を保護しているのは『隠者』だと見て間違いないでしょう」

「では……」

「ええ。森で王女を捕まえるのは不可能かと。ですが、言い換えれば森の中でなければ『隠者』にはどうすることもできないということです」

　一度言葉を切ると、ジェリド侯爵はエメルダに艶然とした笑みを向けた。

「聞けば王女がたびたび出入りしている村があるそうですね。少々手荒な真似をすることになりますが、その村を利用するのはいかがでしょうか？」

＊＊＊

　いくつか「助言」を与えてエメルダの御前を辞したジェリド侯爵は、王都内に借りた屋敷に戻ってきた。

「やれやれ、顔だけしか取り柄がない女の相手は疲れるな」

　出迎えた腹心の部下に本音をぶちまけたジェリド侯爵だったが、次の瞬間には嘲笑を浮かべて言った。

「まぁ、だからこそ利用できるんだがな。すっかり私を信頼して、アリーシェ王女を捕らえることができれば娘を聖帝の妃にできると思い込んでいる。まったく愚かな。お前たちに貴重な聖痕を渡すわけがないだろうに。ああ、聖痕といえば、医者の手配はどうなっている？」

部下に尋ねると、彼は淡々とした口調で答えた。

「間もなく到着する予定です。機材の手配も済んでいるので、こちらの方も到着次第王城へと運ぶ手はずとなっております」

「そうか」

準備は滞りなく進んでいるようだ。

「帝国に残っている部下たちからの報告は？　聖帝陛下の様子はどうだ？　我々の動きに気づいた様子は？」

「聖帝陛下に動きはありません。ロジェーラにアリーシェ王女の身柄を催促するだけで特に何かをしている様子もないようです」

部下からの報告に、ジェリド侯爵は安堵して頷いた。

「元々陛下は妃候補探しには積極的じゃなかったからな。アリーシェ王女の失踪にも気づいていないのかもしれない。あるいは知っていたとしても静観しているのだろう。だからこそ、こちらにつけ入る隙もあるというものだ」

シュレンドル帝国の歴史は古い。そして神の子でもある初代皇帝の血統を重要視していることもあって、帝国の主要な大臣のポストは皇族の血を引く公爵家で占められていた。高位貴族であってもジェリド侯爵家のように皇族との繋がりがない貴族は、実権のない役職にしか就けないのが現状だ。それがジェリド侯爵には大いに不満だった。

――ただ公爵家に生まれたというだけで、偉そうにふんぞり返っている能無しどもめ……！

今の聖帝は身分に関係なく才能のある者を大勢登用しているようだが、ジェリド侯爵が望んでいるのは一時の地位ではなく、この先も続く権力とゆるぎない立場だ。

そんな彼にとって聖帝が誕生したことはまたとないチャンスだった。

今まで帝国の皇妃は「神の血を保つため」という理由で公爵家から選ばれるのが慣習だったが、聖帝だけは別だ。神の子である聖帝の妃になれるのは『神の花嫁』だけ。『神の花嫁』は聖痕がありさえすればその身分は関係ない。ジェリド侯爵のように皇族の血を引いていない貴族にとっては、権力を握る絶好の機会なのだ。

そのため、聖帝が誕生したと知るやいなや、聖痕を持って生まれた女児を多くの貴族が血眼（ちまなこ）になって探した。それらしき痣がある娘が生まれたと聞くや、養女に迎えたり、酷い時は誘拐したりした。……もっとも、それをした貴族は先代の皇帝や聖帝によって一族ごと潰されていたが。

家が潰されたのは、誘拐や人身売買などの違法行為をした貴族だけではない。自分の娘や養女に入れ墨や焼きゴテなどをして、聖痕だと偽らせた貴族もまた聖帝にあっさり偽者だと見破られて処刑されている。

そうして消された貴族たちをジェリド侯爵はたくさん見てきた。そして悟ったのだ。やはり偽物の聖痕ではだめだと。

――私は彼らと同じ失敗はしない。偽の聖痕がだめなら本物を手に入れればいい。

残念ながら三人の妃候補のうち二人は聖帝に保護されてしまい手に入れることはできなかった。けれど、最後の一人がまだ残っている。ロジェーラ国の第一王女アリーシェが。

「どうやら運が向いてきたようだ」

ジェリド侯爵には娘が一人いた。アリーシェ王女と同じ十六歳になる娘が。

まだ社交界に出していない娘で、生まれた時から皇妃にするべく育てていた。この娘を皇妃にするのがジェリド侯爵の悲願だ。

「アリーシェ王女の聖痕を手に入れて、必ずや我が娘をシュレンドル帝国の皇妃に」

ロジェーラの王妃とモニカ王女は単なる踏み台だ。すり替えた偽の聖痕を本物と偽って渡せば、ジェリド侯爵が何もしなくても聖帝が始末してくれるだろう。今までの偽者と同じように。

――本物の聖痕は我が娘へ。そして新たな第四の妃候補として聖帝のもとへ連れていくのだ。

だがここで部下が心配そうな様子で口を挟んだ。

「しかし、閣下。『隠者』を王女から引き離すためとはいえ、初代皇帝陛下の霊廟(れいびょう)を荒らすのはどうかと」

霊廟とは、帝国の王都郊外にある初代皇帝の遺体と副葬品を納めた墓だ。「神域」とされており、霊廟の中に入ることができるのは、皇帝一族と管理者である「隠者」だけと決まっている。

「もし聖帝陛下に知られたら閣下の御身はおろか、一族郎党すべて罰を受けるでしょう。王女が自分から森を出て村に来るのを待つわけにはいかないのでしょうか？」

再考を促すような口調だった。シュレンドル帝国の民である彼らにとって神域を荒らすのはさすがに憚(はばか)られる行為のようだ。だが、ジェリド侯爵は彼の不安を一蹴した。

「我々の仕業だと知られなければいいだけのことだ。構わないから手配しろ」

「……分かりました。それでは手配してきます」

諦めたように部下は頷き、手配のために部屋を出て行った。

「神域を荒らすだと？　不届き者め」

ジェリド侯爵は知る由もない。部屋を出て行った部下が廊下を歩きながら小さな声で呟いていたことを。

「聖帝陛下が何も知らないとでも？　あの方はすべてご存じだ。……だが、ちょうどいい証拠が手に入りそうだ。これでジェリド侯爵もおしまいだな。宰相閣下もお喜びになるだろう」

＊＊＊

森の中心にある『神域』に行った日、目覚めたアリーシェはグラムから「村に行くのはしばらく控えた方がいい」と言われた。ヴィラントが森の近くでロジェーラ国の兵士たちの姿を見かけたのだという。

『薬草のことは心配いらない。代わりに別の者が届けに行くように手配したから。お前は買ってきてもらいたいものと薬草だけメモして彼に渡せばいい』

『彼』というのは、よくアリーシェの警護をしてくれている熊だ。もちろん、本物ではなく霊獣の熊である。十日に一度お使いにやってくる熊に薬草がつまった袋と、購入して欲しいものを書いたメモを渡すと、次の日の朝には小屋の前に薬草の代金と頼んだ品物が積まれているのだ。

――一体どうなっているのかしら。まさか熊が村に行って買い物をしているわけではないわよね？　そんなことになったら村中パニックになるだろうし。

よく分からないが、熊はきっと別の人間に薬草とメモを渡し、その人物が村に行っているのだろう。そうあって欲しい。

村に行かなくなってもアリーシェの生活は変わらない。魔法の鏡を使って森に迷い込んでくる人を出口まで誘導したり、畑を耕したり、家のことをしたり。充実した日々を過ごしている。

ただ以前と違うのは、前は一方的にグラムがアリーシェの小屋を訪れていたのが、今ではアリーシェの方が会いに行くようになったことだった。これを最も喜んだのはアリーシェ自身だ。

——だって、今まではグラム様が来てくれるのを待つだけだったのに、顔が見たくなったらいつでも自分から会いに行けるんですもの。

今日もアリーシェはグラムに会いに行くつもりだ。すでにアリーシェが行くことはヴィラントに伝えてもらってある。

アリーシェは鏡の前でくるっと回り、己の姿を確認した。洗濯したばかりのワンピースに皺はない。一生懸命、火ノシを使って皺を取ったからだ。

「よし、大丈夫」

鏡に映る自分に向かってアリーシェは呟いた。その額に痣はない。最近のアリーシェは痣が出ている時の方が少ない状態になっている。

何しろ数日おきに、顔を合わせるたびに抱き合っているのだ。アリーシェの膣から子種が消える前に次の白濁を注ぎ込まれるのだから、痣が出る隙がないともいえよう。

「さて、ヴィラント、行くわよ」

キャロットケーキを目当てに、籠の中をしきりに覗いたり顔を突っ込んだりしていたヴィラントだったが、アリーシェの声にすぐさま飛んできて肩に止まった。アリーシェはふふっと笑いながら籠の取っ手を掴んで小屋を出る。

森の中心の方向に足を進め、大きな洞(ほら)がある木が見えてきたら左に曲がる。すると木のアーチに囲まれた道が現れた。アーチの道をしばらく進み、見覚えのある小川のほとりを横切って歩くこと五分。アリーシェは水晶の森に到着した。

さっそく水晶の森の中心にある神殿に向かったアリーシェは「あれ?」と足を止めた。神殿の入り口に、グラムと見知らぬ人物が立ち話をしていたからだ。

——この森にグラム様以外の人間が……?

「魔の森」に住むようになって二年以上経つが、迷い込んできた人間以外この森で見かけたことはない。かといって迷い人にも見えない。

訪問者は村人がよく着ているシャツにチュニックという姿ではなく、しっかりとした上着を羽織っていた。華美ではなく、ロジェーラの城でたまに見かけたような文官のような服装だ。

――貴族、かな？

歳はグラムと同じくらいだろうか。肩先でそろえたくすんだ金髪はよく手入れされており、顔だちにも品がある。村人とはだいぶ違うなぁと思いながら見ていると、グラムと訪問者が同時にアリーシェに気づいた。

「アリー」

「す、すみません、お客様、ですか？」

恐る恐る近づきながら尋ねると、むすっとした表情になったグラムが答えた。

「招いた覚えがない客だ」

少し不機嫌そうなグラムとは反対に、訪問者はアリーシェを見てパッと笑顔になる。

「どうもどうも、初めまして！　いやあ、あなたにお会いしたかったんですよ！」

「え？　あ、あの、初めまして？　アリーです」

初対面でこんな反応をされたのは初めてだったので、戸惑いながら名前を告げて頭を下げると、訪問者は明るい調子を崩すことなく手を横に振った。

「ああそんな、私に頭を下げる必要はありませんよ。ええ。あなたが頭を垂れる相手は聖帝陛下ただお一人です。それ以外の者には必要ありません」

「え？　それは一体……」

どういう意味かと尋ねようとしたが、それより先にグラムが鋭い声で話に割り込んだ。

「アルベルト！　戯言はいい。それより俺の許可を得ずにアリーに話しかけるな。じっと見つめるのもよせ。減る」

「減りませんよ。何が減るんですか……。しかしああ、あなたがそんな台詞を言う日が来るなんて。これは神に感謝せねばなりません」

なぜか訪問者は嬉しそうに笑う。するとますますグラムは不機嫌になった。

「おい、やめろ。用事は済んだんだ。さっさと帰れ」

「いえ、まだです」

訪問者は睨みつけるグラムをものともせず、足元に置いた袋の中から箱を取り出してアリーシェに差し出した。

「これはお土産です。三年ほど前に我が国で開発されて人気になったお菓子で、シュークリームと言います。最近になってこの国でも流行りだしたと聞いたのでお持ちしました。どうぞお二人で食べてください」

「あ、ありがとうございます。いただきます」

箱を受け取ると、中から甘くて美味しそうな匂いがした。

――もしかして、以前にラナが王都で流行っていると言っていたお菓子なのかもしれないわ。

「あ、そうそう。申し遅れましたが、私はアルベルト・ルーウェン。聖帝陛下にお仕えしている者です。以後お見知りおきください」

優雅な仕草でアルベルトは礼をした。グラムがむすっとしたまま付け加える。

「これでもアルベルトはシュレンドル帝国の宰相をやっている」

「宰相？　アルベルト……ルーウェン？」

名前に聞き覚えがあった。アリーシェは眉を寄せて記憶を辿り――ファナが別れ際に言っていたことを思い出してハッとなった。

――もしかしてファナが用意していた紹介状の人？　こんなに若い人だったのね。

アリーシェの胸がドキドキと高鳴る。どういう伝手でファナが彼宛ての紹介状を手に入れたのかは分からないが、この人であればもしかしたらファナの消息を知っているかもしれない、そう思ったからだ。

「……あの……」

……けれど、ファナの消息を尋ねようとしたアリーシェの言葉は続かなかった。もしファナのことを尋ねるなら、自分の素性を話さなければならなかったからだ。

――話したら、どうなるの？

宰相だという彼は、果たしてアリーシェを放っておいてくれるだろうか。

とてもそうは思えなかった。冷遇されていたとはいえ、アリーシェはロジェーラの第一王女でシュレンドル帝国の聖帝の妃候補だった者だ。知られたら、グラムと引き離されて聖帝の住む王宮に連れていかれてしまうかもしれない。

——そんなのは嫌……！

アリーシェは口を引き結び、沈黙を選んだ。聖帝のもとまで命がけで送り届けようとしたファナの気持ちを裏切る行為であることを知りながら。

——ごめんなさい。ごめんなさい、ファナ。私はなんて薄情なの……。

「どうかなさいました？」

何か言いかけた状態で固まったアリーシェに、アルベルトが声をかけてくる。アリーシェは慌てて言った。

「いえ、あの……こんなお若いのに、宰相なんてすごいなと思いまして。とても優秀なのですね。アルベルト様は」

「若輩者ですけれどね。聖帝陛下が大変優秀なので、宰相の役職など陛下の留守を守るくらいですよ」

「……もういいだろう。さっさと帰れ。そろそろ身体が苦しくなってきているだろう？」

会話に割り込んできたのはグラムだった。

「あはは。そうですね。そろそろ限界が来そうです」

アルベルトは笑顔で答えたが、その時ようやく、アリーシェはアルベルトの額に汗が浮いていることに気づいて目を見張った。

「あの……？」

「言っただろう？　この『神域』は神の力が色濃く残っている場所だと。だから『神域』とも呼ばれている。神の力はほんの少しであれば問題ないが、多すぎると人間にとっては毒も同じだ。アルベルトは初代皇帝の血を引いているからここに来られるが、長時間居続けるのは無理だ」

「え？　でも私は何度もここに来ていますが、別になんとも……」

驚いてグラムを見つめる。アリーシェの困惑の視線を受けてグラムは苦笑を浮かべた。

「俺とお前だけだ。ここにいて何事もないのは。……ああ、あとヴィラントも平気だな。だが、他はだめなんだ」

アルベルトは残念そうに言った。

「そういうことです。『神の花嫁』たるあなたにお会いしたくて少し頑張ってみたのですが、そろそろ限界が来てしまいました。私はこの辺で退散いたします。『隠者』殿、先ほどの話、よろしくお願いしますね。霊廟と花壇をあのまま放置しておくわけにはいきませんから」

「……仕方ないな」

グラムがため息をつきながら頷くと、アルベルトは安堵したような顔になった。

「それでは、私はこれで失礼いたします」

身体が限界だというのは本当らしく、アルベルトは挨拶するや否や逃げるように水晶の森から走り去っていった。


「一週間ほど森を離れることになった」

アルベルトが持ってきたシュークリームを、アリーシェが作って持ってきたキャロットケーキと一緒に食べていると、不意にグラムが告げた。

「え？」

「王都の郊外にあるシュレンドル帝国初代皇帝の霊廟が何者かに荒らされた。あそこも『神域』で、この森と合わせて俺が管理していたんだ。もっとも霊廟の方は軍が俺の代わりに警護していたんだが……。つい先日、何者かが霊廟内に侵入して国花の原種が植えられていた花壇と初代皇帝の石棺を破壊していったらしい。その修復作業のためしばらくの間森を離れることになった。……その間お前を一人にしてしまうが、大丈夫か？」

「だ、大丈夫です。前にもグラム様が半月ほど留守にしていたことがありましたし、その時だって何も問題ありませんでしたもの。今回だって大丈夫です」

グラムに余計な心配をかけないようにするため、アリーシェは明るく笑って言った。

美味しかったはずのシュークリームが、いきなり味がしないものになってしまった気がする。

──おかしいわね。グラム様が森を留守にするのはなにも初めてじゃないのに、どうしてこんなに寂しくて心細いのかしら？

森に来たばかりの十四歳の頃だってこんな気弱ではなかったのに。どうやら自分はすっかり贅沢になってしまったらしい。

──こんなのじゃだめね。もっとしっかりしないと。

アリーシェは気を取り直し、食べかけのシュークリームを置いて尋ねた。

「もしかしてアルベルト様はその件で『神域』までいらしたんですか？」

「ああ。霊廟と国花の原種を修復できるのは俺と聖帝だけだからな。何しろ神の子である初代皇帝の遺体が納められている場所だ。ここほどではないが、中はかなり特殊な『神域』となっているから、普通の人間は長くいられない。実際の作業は交代制になるだろう。けれど、職人は交代できても指示する人間は同じでなければ齟齬が生じる。だから……」

「グラム様が行かないといけないのですね」

アルベルトがわざわざ足を運んでまで依頼しにくるわけだ。そこが『神域』であるのならばなおのこと、壊れた霊廟を放置するわけにはいかないのだから。

「それがグラム様のお仕事ですもの。森のことは心配しないでください。ヴィラントも一緒だし、グラム様がいない間、私が守りますから」

「ピュー！」

シュークリームには目もくれずアリーシェの作ったキャロットケーキを啄んでいたヴィラントが、まかせろとばかりに顔を上げて鳴いた。グラムの口元に笑みが浮かぶ。

「そうだな。お前がいれば安心だ。俺もなるべく早く戻ってこられるようにするから、その間は頼んだぞ、ヴィラント。あと、アリー。まだロジェーラ兵がお前を探しているようだ。危険だから村には行かないように」

「はい。分かりました」

神妙な面持ちで頷いていると、急にグラムは手を伸ばしてアリーシェの口の端に触れた。

「!?」

「クリームがついていたぞ。ほら」

「あ、ありがとうございます」

確かにグラムの指を見ると、そこにはクリームがついていた。

クリームを口につけているなんて、子どもみたいで恥ずかしいと思っていると、何を思ったかグラムはアリーシェの口から拭ったクリームをペロリと舐め取ってしまった。

アリーシェは息を呑む。クリームを舐め取ったことに驚いたからではなく、グラムの仕草が妙に……そう、妙に艶めかしかったからだ。

そう感じたのは気のせいではなかったらしい。こちらを見つめるグラムの金色の目がまるで溶かした黄金のように輝いている。

いきなり空気が濃厚になった気がした。心臓がドクドクと脈打ち、呼吸が浅くなる。

ちらりとヴィラントの様子を確認すると、二人のやり取りを気にする様子もなく、テーブルの上で羽を繕（つくろ）い始めている。

「離れている間忘れないように、俺という存在をお前の心と身体に刻みつけたい」

――あなたを忘れるなんてあり得ない。グラム様、あなたは私の生きる意味だもの。離れたら私は生きていけない。

「アリー。おいで」

差し出された手に、アリーシェは逆らわなかった。

二人は手を取り合って、寝室に消えていった。

＊＊＊

グラムが王都に向けて出発してから、もうすでに二週間が経っていた。

なるべく早く戻るということだったが、あれ以来、グラムからの連絡はない。

「グラム様、いつ戻ってくるのかしらね、ヴィラント」

「ピー……」

慰めるためか、ヴィラントがアリーシェの首元に頭を擦りつけてくる。アリーシェは手を伸ばしてそっと小鳥の頭を撫でた。

「ねぇ、ヴィラント。水晶の神殿に行ってみようか」

留守の間はいつでも神殿に行って構わないとグラムに言われている。そのため、グラムが恋しくなるとアリーシェは神殿で過ごすようになっていた。

――少しでもグラム様と関係ある場所にいて、彼を感じていたいんだもの。

神殿に着くとアリーシェは真っ先にベッドに向かった。二人で最後に過ごしたのはこの場所だったからだ。

枕に顔を埋めて思いっきり息を吸う。グラムの匂いが残っている気がして、アリーシェの子宮がキュンと疼いた。

アリーシェの痣はグラムが森を離れてから四日目にまた現れた。せっかく注いでもらった子種もすっかり消えてしまったようだ。そんな状況は今までにも何度もあったのに、グラムと繋がっていた何かが切れてしまったように思えて心細くて仕方なかった。

――本当は痣なんてどうでもいいの。早く、早く戻ってきて。グラム様。

痣を消してもらうために始まった関係だったけれど、もうそれはすでに建前に過ぎず、アリーシェは自分がグラムに抱かれたいからこそ痣を理由にしていた。

――だって、グリム様にとって庇護する相手に過ぎない私が抱かれるためには理由が必要だったから。でも、もう建前なんかいらない。私はグラム様が好きだからこの身を捧げているんだってことを、グラム様本人にも伝えたい。

「戻ってきたら、伝えなきゃ。グラム様がそんなつもりじゃなかったとしても、傍にいたいんだって気持ちは伝えておきた――」

「ピィ――――！」

突然、ヴィラントの発する警告の鳴き声が神殿中に響いた。

「ヴィラント!?」

アリーシェはベッドから跳ね起きると、隣の居間へと駆ける。

二年間ヴィラントと暮らしてきたアリーシェは、鳴き声の種類で何を伝えたいかだいたい理解できるようになっていた。今の鳴き方は森に侵入者が現れたことを知らせる時の鳴き声だ。けれど、いつもとは少し違う。何かを訴えているようにも聞こえる。

居間へと飛び込むと、ヴィラントは壁にかかった魔法の鏡の前でしきりに羽をバタつかせていた。

「ヴィラント、何があったの！　鏡に映せる？　そう、ならお願い！」

鏡の前まで来ると、アリーシェは鏡に手のひらを当てて起動の詞(ことば)を口にする。

「鏡よ、鏡。管理者の名において命ずる。禁を犯せし者たちの姿をここに現せ！」

そのとたん、鏡から眩い光が溢れてアリーシェの視界を一瞬だけ奪った。けれど、それはほんの一時だけで、光はすぐに収束する。光の消えた鏡の中には森の道を走る侵入者の姿が映っていた。

「え……？」

鏡に映る人物を見てアリーシェは思わず声を上げた。なぜなら森を走っているのはラージャ村に住む薬師の娘ラナだったからだ。

『アリー、アリーどこ？』

ラナはアリーシェを探しているようだ。

――おかしいわ。ラナに限らずラージャ村の民は『魔の森』には入ってきた人を迷わす仕掛けがあることを知っているはず。だから村人はめったに森に入ってこない。それなのに、どうしてラナは森に入って私を探しているの？　……いいえ、答えは決まっている。村に何かあったんだわ！

「ラナがいる場所は……小屋に近いわね」

アリーシェは周囲の様子からラナのいるおおよその位置を把握すると、神殿を飛び出した。当たり前のようにヴィラントが飛んでついてくる。

ゆっくり歩けば三十分はかかる距離をアリーシェは十五分ほどで駆け抜けると、小屋を通り過ぎてラナのいる場所に向かった。鏡を見ていなくとも、木のアーチを抜けたところに待機していた霊獣たちがラナのもとへ導いてくれる。

「ラナ！」

立ち止まって息を切らしているラナを見つけると、アリーシェは駆け寄った。

「ああ、アリー。会えてよかった！」

アリーシェの姿に気づいたラナが安堵のあまり目を潤ませる。その様子もいつものラナらしくなくて、アリーシェは不安に駆られた。

「ラナ、一体何があったの！　森は危険だと知っているのに、どうしてここに？」

「アリーが森から出てくる前に会わなければならなかったからよ。あのね、アリー、よく聞いて。もう村に来てはダメ。兵士が大勢村に来ていて、アリーを探しているの。アリーには痣はないって言っているのに、あいつら聞かなくて。今森から出て村に来たら、アリーは捕まってしまうわ。いい？　しばらくの間、何があっても村には来ちゃダメだよ。それを伝えに来たの」

「そうだったの……。わざわざここまで知らせに来てくれたのね、ありがとう、ラナ。村の皆は無事かしら。兵士に酷いことをされていない？」

心配そうに尋ねると、ラナは一瞬だけ言葉につまったものの、次の瞬間には微笑みながら頷いた。

「ええ、大丈夫よ。村のことは心配しないで」

「……そう、それならよかったわ。ラナ、わざわざありがとう。森の入り口まで送るわ」

「ありがとう。お願いするわ。でも森の入り口が見えるところまででいいからね」

ラナのぎこちない笑顔にアリーシェは胸が痛くなった。なぜなら、ラナは嘘をついているから。そしてその嘘はきっとアリーシェのための嘘だというのが尋ねるまでもなく分かってしまったからだ。

「ここまででいいわ。アリー。ここからならさすがに迷わないもの」

森の入り口が見えたところでラナは言った。

「アリーは家に戻って。私が言ったことを忘れないでね。じゃあね！」

「あ、ラナ！」

引き止める間もなかった。ラナは森の入り口の方に走って行ってしまった。

「……一体、村で何が起こっているの？」

確かめに行きたいけれど、グラムには禁止されているし、ラナにも止められてしまった。

——どうにかして村の様子が見られればいいのだけど……。

そこまで考えてアリーシェは魔法の鏡であれば見られるかもしれないと思い至る。

——森のどこでも映し出すとグラム様は言っていた。てっきり森の中のことしか映せないのだとばかり思い込んでいたけど……。ラージャ村は森に近い場所だから、もしかしたら映すことができるかもしれない。

「だめで元々だわ。確かめてみよう」

アリーシェは足早に小屋に戻ると、寝室にある姿見の前に立った。少し考えた末、呪文を少し変えることを思いついて、すぅっと息を吸う。

――お願い。村を映して！

「鏡よ、鏡。管理者の名において命ずる。ラージャ村の人たちの姿をここに現せ！」

言葉が終わったと同時に鏡面が眩い光を発する。光はすぐに収束し、消えた頃には鏡の中に見覚えのある広場の様子が映し出されていた。

――これは、もしかして村の広場？

間違いない。ラージャ村の中心地にある広場だ。

広場と言ってもそれほど広くはない。祭りの会場として使われる以外は、普段は村人の集会場になっている場所だった。そこに村人が何人か集まっているようだ。

何をしているのかと鏡に顔を近づけたアリーシェは、そこに映っていた光景が何であるか理解した瞬間、凍りついた。

ロジェーラ軍の兵士と思しき者たちがいて、村人の一人を殴りつけていたのだ。

『やめてください！』

暴行を加える兵士たちに涙を流して必死に訴えているのは、パン屋の看板娘だ。確か、殴られている青年とは半年前に婚約したばかりだったはずだ。

『アリーが住んでいる場所なんて知らないって言ってるじゃないですか！』

殴られているのは青年だけではない。広場のあちこちでよく知っている村人たちが、兵士に痛めつけられていた。

『アリーはあんたたちの探している額に痣のある娘じゃない！　人違いだ！』

雑貨屋の主人が殴られながら叫んでいる。

『森に行ってアリーを連れてこいだなんて、そんな無茶な。森に入ることは自殺行為だ。あんたたちは俺たちに死ねと言うのか！』

鏡に映し出される光景に、アリーシェの顔から血の気が引いていく。

兵士たちは一向に村に出てこないアリーシェに業を煮やし、彼女を森から引っ張り出すために村人に協力させようとしたようだ。ところが村人は非協力的で、その命令を断ってきた。そこで兵士たちは村人に暴力を振るって言うことをきかせようとしているのだ。

『協力を拒むとお前たちを殺すぞ！　手段は選ばなくていいと言われているからな！』

「なんてこと……」

——ああ！　だからラナは村に来てはいけないと、この光景を見せないために、危険を冒してまで森に知らせにきてくれたのね……。

アリーシェは震え出した。自分のせいでラージャ村の人たちが傷つけられている。それでも村人たちは何とかアリーシェを守ろうとしてくれているのだ。

――確かに森にいれば私は安全かもしれない。でもこのまま隠れていて村人に取り返しのつかないことが起こったりしたら、きっと私は後悔する。

「ごめんなさい、グラム様……」

ぎゅっと目をつぶり、アリーシェは森で暮らした二年間のことを脳裏に思い浮かべた。

火も熾せずに途方に暮れるアリーシェに、呆れながらも家事を教えるグラム。ようやく消し炭にならずに料理ができるようになったアリーシェを『少しはできるようになったじゃないか』と褒めてくれた。

『子どもだからよかったものの、一つ間違えばとんだ惨事になっていたかもしれない』と不用意に迷い子の前に姿を現したアリーシェを心配するグラム。

痣を消すために交わすようになったキス。そして、小屋で、小川のほとりで、水晶の神殿で愛を交わした記憶が、次から次へと現れては消えていった。

「ごめんなさい、グラム様。言いつけを破ります。でもこのまま目を背けて自分だけ助かっても、きっと私は自分を許せなくなります。だから……ごめんなさい」

――できるなら、ずっとこのまま森で、グラム様の傍で生きていきたかった……。

いつだって運命はアリーシェから大切なものを奪っていく。

けれど、今のアリーシェは悲しみと苦しみだけだった二年前とは違う。今は愛を知っている。愛される喜びも知っている。

――グラム様にしてもらったことは、死ぬ瞬間まで決して忘れはしない。

「さぁ、行きましょう」

決意を胸に、アリーシェは小屋を出た。幸せな時間を過ごさせてもらった小屋を目に焼き付けるようにして眺めると、決心が揺らがないうちに森の道を走り始める。そんなアリーシェのすぐ横をヴィラントが飛んでついてきた。

走っては止まり、呼吸を整えてはまた走り出す。ようやく村が見えてきた頃にはアリーシェの体力は限界に来ていた。

けれど、立ち止まるわけにはいかない。

「アリーちゃん!?」

「だめよ、アリー、すぐに村から離れないと」

アリーシェの姿を見つけた村人が血相を変えて話しかけてくる。アリーシェは「ごめんなさい」と言って立ち止まることなく広場に駆け込んだ。

「アリー、どうして来ちゃったの！」

アリーシェの姿を見たラナが泣き出した。彼女はアリーシェを守るために危険な森まで知らせに来てくれたのだ。村で起きていることを告げることなく。そんな彼女の想いを裏切る形になってしまったが、アリーシェも譲るわけにはいかなかった。

「ごめんなさい。でも私のためにもうこれ以上、村の人を傷つけさせるわけにはいかないわ」

突然現れたアリーシェに、兵士たちは戸惑ったようだった。きっと自分から姿を現すとは思わなかったのだろう。

その時、中年の兵がアリーシェに近づいてきた。一人だけ他の者とは軍装が異なっているところを見ると、彼がラージャ村にやってきた兵士を率いている兵士長なのだろう。

兵士長は慎重な足取りでアリーシェの前までやってくると、丁寧な口調で尋ねた。

「アリーシェ王女殿下、でございますか？」

アリーシェは「ええ、そうです」と頷いた。

「ご無事で何よりです。我々は陛下の命にてアリーシェ殿下をずっと探しておりました。アリーシェ殿下、一緒に王城まで来ていただけますね？」

口調は丁寧だが、それは紛れもない脅しだった。一緒に来ないと村人がどうなっても知らないぞと、アリーシェを脅しているのだ。

——怯(ひる)むわけにはいかない。ラージャ村の人たちのためにも。

グッと拳を握ると、アリーシェは口を開いた。

「ええ。けれど条件があります。これ以上村の人たちを傷つけないこと。私が村を離れたら兵士も全員村から引き上げること。それを確約してもらえるのであれば、私はあなた方と王城に参ります」

凛(りん)とした口調だった。アリーシェの服装は質素でどこからどう見てもただの村娘にしか見えない。けれど背筋を伸ばし、堂々とした態度で兵士長に相対する姿は、王女としての威厳に溢れていた。

気圧された兵士長はその場に片足で跪き、王族に対する最上の礼をした。

「承知いたしました、殿下。私の名誉にかけて、約束いたします」

アリーシェは窓に格子の付いた馬車に乗せられた。

「アリー！」

「アリーちゃん！」

村人が心配そうに馬車を見つめている。その中には涙を流しているラナの姿もあった。

「みんな、ありがとう。元気でいてね」

馬車が動き始める。

――さようなら、グラム様。ラージャ村のみんな。

アリーシェは目を閉じて二年間慈しんだものたちに別れを告げた。

＊＊＊

アリーシェを乗せた馬車が村を離れるのと入れ替わるように森に戻ってきたグラムは、森がざわついていることにすぐに気づいた。

霊獣たちが騒いでいる。

「アリーシェに何か……森にいない？」

グラムはアリーシェの気配が森にないことに気づくと、すぐに神力を使ってヴィラントを呼び出した。

「……遠いな」

返ってきた反応が遠かった。小鳥の気配はこの付近にはないようだ。

つまり、アリーシェも同じようにこの地を離れているのだろう。あの鳥がアリーシェの傍に在ることは確かなのだから。

【ヴィラント――】

グラムの感情に反応するように神殿の外壁を覆う水晶が淡く光を発する。

風もないのにグラムの黒髪がふわりとはためいた。

【――ヴィラント。聞こえるか？　お前が見たものを俺に示せ】

神力を使って呼びかけると、グラムの脳裏にヴィラントが目にした光景が映し出されていく。

アリーシェに警告するために危険を冒して森にやってきた薬屋の娘、ラナ。不審に思ったアリーシェが魔法の鏡で村の様子を確認している姿。そこに映し出された、ロジェーラ国の兵士に暴行される村人の姿も。

そして――。

『ごめんなさい、グラム様。言いつけを破ります』

決意に満ちた、アリーシェの顔。

「……なるほど。そういうことか」

グラムは手で顔を覆うと、自嘲の笑みを浮かべる。

彼はこの上なく腹を立てていた。兵士にも、彼らに命じたロジェーラ国の王族にも。言いつけを破ったアリーシェにも。そして見通しが甘かった自分にも。

「私は甘かったようだな。直接手出ししなければいいと放置していたから。面倒くさがらずにゴミはさっさと始末しておけばよかったんだ。私の花嫁を、神の花嫁をさらった報いは、必ず受けてもらうぞ」

グラムの黒い瞳に剣呑な光が浮かんでいた。

顔を覆う手の甲に、アリーシェとまったく同じ形の痣が浮かび上がる。

次の瞬間、グラムの姿は水晶の神殿から消え失せていた。

第6章　聖帝と神の花嫁

アリーシェを乗せた馬車は王都に向かって進んでいた。

村人たちの安全と引き換えに自分から名乗り出たせいか、始終監視が張りつくことがなかったのはアリーシェにとって幸いだった。おかげで、気兼ねなくヴィラントと触れ合える。

「ピィ」

首元にすり寄って甘えてくるヴィラントをそっと抱きしめて言い聞かせる。

「いい、ヴィラント。見つかって危なくなったらすぐに逃げるんだからね？」

「ピィ」

ヴィラントはアリーシェについてきてしまった。

兵士に連れられて馬車に乗せられるまでは確かにいなかったのに、馬車が動き始めたとたん、窓の格子をすり抜けて中に入ってきてしまったのだ。

そしてそれ以降アリーシェから離れることはなかった。

——兵士に見つかったら追い払われるか、傷つけられてしまうかもしれないのに。

心配して格子の間から何度か空に放ったのに、すぐに戻ってきてしまった。

「分かっているのか分かっていないのか……もう、仕方ない子ね」

そう言いながらもヴィラントの存在は、今から自分に何が待ち受けているのか不安で仕方がないアリーシェにとって大いに慰めになっている。

——これからどうなるのかしら……。

シュレンドル帝国にそのまま引き渡されるのだろうか。

それならまだいい。少なくともアリーシェの身の安全は保証される。それに、シュレンドル帝国の聖帝は隠者のことを知っているはずだから、わけを話せば森に帰してもらえるかもしれない。

——聖帝の妃になる気なんて少しもないけれど、きっと今の私にとって最も安全な道はシュレンドル帝国に行くことだわ。……それまで生きていられたらの話だけど。

アリーシェが最も危惧しているのは、エメルダ王妃のことだった。

——二年前、私を暗殺しようとしたのはきっとエメルダ王妃。理由はモニカを差し置いて私が聖帝の妃候補になったのが気に入らなかったから。

きっと、アリーシェを殺せば代わりにモニカを聖帝の妃候補にできると考えたのだろう。

そんな王妃が王城に戻ってきたアリーシェを放置するだろうか。

最悪の場合、王城に到着したとたん、殺される可能性もある。

——何とかして逃げる方法はないかしら……。

「アリーシェ殿下」

不意に馬車の外から兵士長に声をかけられた。アリーシェは彼から見えない場所にヴィラントを移動させると、落ち着いた様子で応じる。

「……はい」

「もうすぐ王都です。窮屈な旅ももうすぐ終わります。もうしばしの辛抱を」

「……そう。ありがとう」

——王都になど永遠に着かなければいいのに。

そう言いたかったけれど、口にしたところで何にもならない。この実直な兵士長を困らせるだけだ。

王都までの三日間、兵士長はアリーシェを乱暴に扱うどころか何かと気遣ってくれた。ラージャ村では、村人に酷いことをするように兵士たちに命じた人だけれど、言葉の端々からそれが彼の本意ではなかったことが窺えた。

——村人への恫喝も、上官にそうするように命令されていたから仕方なかったみたいね。

だからだろうか。罪滅ぼしの意味もあってか、アリーシェに対してとても親切だ。アリーシェの体調を気遣い、道中、何度も休憩を取るように計らってくれたのも兵士長だ。

アリーシェにとって大きかったのは、彼が話し相手になってくれたおかげで、知りたかった情報が得られたことだ。

それは二年前、アリーシェが城を抜け出した後のことだ。

十四歳までアリーシェが住んでいた離宮はあの夜の火災によって全焼した。そして焼け落ちた離宮からは二人の男の遺体が見つかったが、それは離宮を警備していた騎士で、火事に巻き込まれたのだとされた。

遺体はその二人だけ。メアリアやトムス爺の遺体は見つからなかったと言う。城では彼らが火事のどさくさに紛れてアリーシェを連れ出して逃げたと判断したようだ。

――離宮から見つかった遺体は、きっと私を殺そうとした男たちね。あの夜、離宮に警備兵なんていなかったんだから。

実際彼らはエメルダ王妃に命じられてアリーシェの命を狙いに来た本物の騎士だったのだろう。エメルダは「警備兵が賊に気づいた時にはアリーシェを含む離宮の者たちは殺されていた」というシナリオにでもするつもりだったに違いない。

問題はメアリアとトムス爺の消息が不明のままだということだ。もし賊たちがあの場で二人を殺していたのなら、遺体を隠す必要はどこにもない。

兵士長によれば、離宮でアリーシェたちの遺体が見つからなかったためすぐに捜索が開始されたが、結局誰も見つからず、ラージャ村に出入りしていた商人から情報が入るまでアリーシェたちの行方は杳として知れなかったようだ。

――遺体もなく、消息も不明。ファナも国境で兵士に捕まった形跡はないということだから……もしかして、三人はどこかで無事に生きているのかもしれない。

アリーシェにとってそれは朗報だ。ファナだけでなく、すっかり諦めていたメアリアやトムス爺と再会できるかもしれないのだから。

――捕まってしまったけれど、希望がないわけじゃないわ。何とか生きてシュレンドル帝国に行くことができれば、グラム様やファナたちに再会できるかもしれないのだから。

それから二時間後、アリーシェは馬車の窓の格子越しに迫りくる王城を見つめていた。

二年ぶりに見る王城は、アリーシェの目に妙によそよそしく映った。懐かしさも、戻ってきた感慨も感じられない。ただただ、憂鬱な気分になるだけだった。

それも当然だろう。十四年間住んでいたとはいえ、離宮に閉じ込められていたアリーシェにとって、城は馴染みのない場所だ。ましてや今はもう大切なものなど何ひとつ残っていない。

――ここへは二度と戻らないと思っていたのに……。

アリーシェを乗せた馬車は王城の裏門にひっそりと到着した。

「……まるで囚人の護送ね。その通りだけど」

　華々しい帰城ではない。むしろ国にとってアリーシェの失踪は恥でしかないのだ。当然、大勢に迎えられるとは思っていなかった。けれど、到着をなるべく人に知られないようにしていると感じて、アリーシェは嫌な予感がしてならなかった。

　裏門を通りすぎた馬車は、ひと気のない場所に静かに停まった。

「ヴィラント、隠れて」

「ピ」

　囁くような声で指示をすると、ヴィラントはすっかり定位置になったアリーシェのワンピースの胸もとに頭から潜りこんでいった。くすぐったいけれど、ヴィラントの存在をごまかすためには服の中に入れて隠すしかないのだ。

「どうぞ。足元にご注意ください」

　兵士長に促され、アリーシェは馬車を降りて二年ぶりに王城の石畳を踏んだ。

「ここで迎えを待つように指示されています。陛下もアリーシェ殿下の無事なお姿を見て安心なさるでしょう」

　――そうかしら。その安心は、シュレンドル帝国の要望に何とか応えることができそうだからでしょう？　私が無事かなんて、あの人は全然気にしていないわ。

　アリーシェは父親に何ひとつ期待していなかった。

しばらくすると、侍従のお仕着せを纏った金髪の中年男性が、数人の兵士を連れて現れた。アリーシェは迎えに来た侍従に見覚えがある気がして眉を顰める。

——誰だったかしら。離宮に出入りしていた人じゃないわ。だとすると離宮の外で見たのかしら？

「お待ちしておりました、アリーシェ殿下。陛下がお待ちです。すぐにご案内いたしましょう」

金髪の侍従は文句のつけようもない完璧な礼を取ると、「どうぞこちらへ」とアリーシェを促した。アリーシェは兵士長にお礼を言って侍従の後について歩き始める。

……なぜか、先ほどより不安が増した気がして、アリーシェは胸もとにそっと触れた。谷間にちょこんと収まったヴィラントの温かさに、ホッと息をつく。

あとから思うに、この時アリーシェは気づくべきだったのだ。非公式とはいえ、国王と謁見する時、庶民が着ているような服装で許されるわけがないのだと。

けれどアリーシェは違和感を覚えながらも、金髪の侍従が国王のいる主居館ではない建物に案内するまで気づくことができなかった。離宮に幽閉されていたせいで、城内のことをよく知らなかったからだ。

そう、アリーシェは知らない。案内された建物がエメルダの賓客としてロジェーラに滞在しているシュレンドル帝国の貴族に与えられた部屋がある館だと。その貴族が最近になって白衣を着た複数の男たちを呼びこみ、ロジェーラでは見たこともない機材を運びこんでいたことも。

——……変だわ。主居館じゃないなんて。

あの父王がアリーシェと私室で話をするとは思えない。アリーシェと話をするのならば謁見の間か広間を使うだろう。そしてその手の公的な場所はすべて主居館に集約されているはずだった。

そこでようやく、アリーシェは金髪の侍従が誰だったかを思い出す。

——そうだわ。確かこの人はエメルダ王妃付きの侍従！

普通、王妃につけられるのは女官と決まっているのだが、エメルダは実家から連れてきたこの遠縁の侍従を重用していた。エメルダがアリーシェに向かって嘲笑と侮蔑を向ける時、いつも王妃の背後に控えていたので見覚えがあったのだろう。

——つまり、この人の言う「陛下」というのは……。

アリーシェの足が震えた。すでに建物に入ってしまっているため、逃げ出すにはもう遅い。そもそも剣を持った兵士がアリーシェを囲っているのだ。逃げようとしてもすぐに捕まるだろう。

「……命が惜しければ逃げようとはなさらないでくださいね」

足の運びが重くなるアリーシェに、侍従が振り返って言った。

「大丈夫。今すぐ命を取ることはしません。あなたは私たちの大事なモニカ殿下の踏み台なのですから」

にこりと笑う従者の顔が、なぜかモニカと重なった。しぶしぶ参加させられた祝賀の場で、アリーシェを侮蔑した時の彼女の笑顔と従者の笑顔が。

『お姉様、お姉様って本当に地味ですわね。そんなんじゃ、貰い手がありませんことよ。あ、そうでしたわね。お姉様は顔に難がおありですから、誰も欲しがるわけがありませんわねぇ』

モニカの言葉に周囲は同調し、アリーシェを嘲笑した。……嫌な記憶の一つだ。

侍従の言葉が気になったが、アリーシェには尋ねる暇はなかった。

「この部屋でみなさまがお待ちです」

侍従が大きな扉の前で足を止める。その扉の両脇には警備兵がおり、槍を持って立っている。要人が中にいる証拠だ。

入りたくない。切実にそう思ったが、アリーシェに選択肢はなかった。

扉が開く。アリーシェは兵の一人に小突かれるようにして部屋に入った。

部屋の中は思ったよりも広かった。応接室なのだろう。豪華な調度品が並んでいる。部屋の片隅には衝立が立てられ、奥に誰かいる気配がした。けれど、アリーシェにはその衝立の向こうを気にする余裕はない。

「お久しぶりね、小娘」

部屋には予想通りエメルダと、記憶の中よりも成長し、ますます美しくなったモニカがいた。そして、見知らぬ中年男性も。

男性に見覚えはない。けれど身に着けている服装や、堂々とした立ち姿から見るに、高位の貴族の一人なのだろう。

「まったく。取るに足らない小娘のくせに、よくもこれほど手間をかけさせてくれたわね」

エメルダがアリーシェを睨みつける。

その険(けん)のある視線に、アリーシェは震えた。自分の娘(モニカ)ではなくアリーシェが聖帝の妃候補に選ばれたと知った時に向けられた憎悪に満ちた視線を思い出す。

「お前など見つけ次第縊(くび)り殺してやりたかったけれど、事情が変わったわ。生きて連れてきたのはモニカのためよ」

モニカがニヤニヤ笑いながら口を挟む。

「まぁ、お姉様ったら相変わらず地味ね。庶民の服がとてもよく似合うこと。その汚らしい土のような髪にもぴったりね」

どうやらエメルダもモニカも相変わらずのようだ。

――嫌になるくらい変わっていない。

アリーシェは震えるような息を吐いては吸いを繰り返し、何とか息を整えた。

一つだけ確かなのは、侍従が言うようにすぐにアリーシェを殺すつもりはないようだということ。

「喜びなさい。理由は分からないが、上手くいけば解放してもらえるかもしれない。お前はシュレンドル帝国の皇妃になるモニカの役に立って死ぬのよ」

……いや、やはりそうではないらしい。

「……私は聖帝の妃になるつもりはありません。私の望みは森で平穏に生きていくことだけです。モニカを聖帝に嫁がせたいなら、勝手にすればいい」

「まぁ、生意気ね！　簡単に聖帝に嫁がせることができないから、わざわざお前を探し出したんじゃないの！」

エメルダは目を吊り上げた。

「聖帝の妃になるには、あなたのその気味の悪い痣が必要なのよ！」

「この痣が？」

アリーシェは思わず自分の額に触れた。前髪に隠れてはいるが、グラムの子種が消えてしまった今、はっきりと紋様のような痣がそこに刻まれているはずだ。

そこで、見知らぬ男性が一歩前に出てアリーシェに礼をした。

「ここからは私が説明しましょう。初めましてアリーシェ王女殿下。私はジェリド。シュレンドル帝国で侯爵の地位を賜っている者です」

「シュレンドル帝国の、侯爵？」

思いがけない立場の人間がこの場にいることに、アリーシェは戸惑いを隠せなかった。

「なぜ、帝国の貴族が？」

「私はエメルダ王妃陛下に頼まれまして、モニカ殿下を聖帝の妃にするべく協力しております。このままでは何がどうひっくり返ってもモニカ殿下は聖帝の妃になんてなれませんから」

「他に候補がいるから、ですか？」

詳しくは知らないが、アリーシェが「候補」なら他にもまだ聖帝の相手として選ばれた候補の女性がいるのだろう。アリーシェはそう思った。けれどジェリド侯爵は首を横に振って否定した。

「いいえ、違います。他に候補となった女性は確かにいますが、モニカ殿下にはその『候補』となる資格がないのです」

ジェリド侯爵が言ったとたん、モニカが悔しそうに唇を噛みしめるのをアリーシェは見た。モニカだけではない。エメルダもまた苦々しそうにアリーシェを見つめている。正確に言うのであれば、アリーシェの額を。

「アリーシェ殿下。気づきませんか？　痣ですよ。あなたの額にある痣はシュレンドル帝国の聖帝サージェス陛下の花嫁候補である証なのです。聖帝の妃候補になるには、痣が必要なのですよ」

「…………え？」

「聖帝の妃になれる女性は必ず身体のどこかに聖帝が持つ聖痕と同じ形をした痣を持って生まれてきます。なぜかは分かりません。おそらく神の采配（さいはい）なのでしょう。代々の聖帝は聖痕のある女性の中から伴侶を選ぶのが決まりなのです。これは神の子である初代皇帝陛下の遺言でしてね」

　初代皇帝は亡くなる時にこう言い残したという。

『神（父上）はこの地で人の世が長く続くことを望んでいる。そのために、我が子孫の血に「神の子」を再誕させることをお許しになった。「神の子」は聖痕と、聖獣である神鳥の卵を持って生まれてくることになる。そして神はその聖なる皇帝のために、「神の花嫁」を地上に送り出してくださると約束した。「神の子」と同じ聖痕を持つ乙女を。ゆめ忘れるな。「神の子」が選ぶのは運命の相手たる「神の花嫁」のみ。違えれば、この大地は死に絶えるであろう』

「初代皇帝陛下が亡くなって四百年後。遺言通り聖痕と聖獣の卵を持った男児が皇族に誕生しました。これが最初の聖帝陛下です。聖帝陛下は自身の持つ聖痕とまったく同じ痣を持った女性を愛し、伴侶にしました。その次の聖帝陛下も聖痕のある女性を伴侶に選んでおります。……つまり、聖帝陛下の妃になるには神が残した印である聖痕が必要なのです」

「聖痕……」

なぜかアリーシェは、痣の部分がじわじわと熱くなってきているのを感じた。

「聖痕を持って生まれる女性は一人の時もあるし、複数存在することもあります。候補が複数いる場合はその中から選ばれた女性が皇妃になります。今代の聖帝陛下の場合は後者ですね。アリーシェ殿下を入れて三人ほど見つかっておりますから」

「さ、三人も？」

つまり、あと二人はアリーシェと同じような痣が身体のどこかにある女性が存在するということだ。

「すでに聖帝陛下は三人のうち二人とは対面しております。が、そのどちらも花嫁に選ばなかった。残るはあなただけです。つまりアリーシェ王女、あなたこそ聖帝の妃として天から使わされた運命の相手なのです」

ジェリド侯爵はアリーシェを指さした。けれどアリーシェはそれを否定する。否定しなければならなかった。

「いいえ。私は聖帝陛下の相手ではありません。これはただの痣です！」

額を押さえながらアリーシェは叫ぶ。

――私が聖帝陛下の運命の相手？　いいえ、違う。だって私はグラム様とっ……！

もしジェリド侯爵の言うことが本当ならば、アリーシェはグラムと結ばれることはない。それどころか、傍にいることも、想うことすらも許されなくなる。

——そんなの絶対に嫌、絶対に認められない！

「ここまで言っても否定するとは。アリーシェ殿下はよほど聖帝の妃にはなりたくないようですな。その立場を喉から手が出るほど欲しがっている者がいるというのに」

やれやれという口調で首を横に振ると、ジェリド侯爵はアリーシェに向けて足を踏み出す。

「ですがそこまで仰るのなら、私どもの計画を実行しても構いませんよね？　だって聖帝の妃になりたくないあなたには必要のないものですから」

にっこりとジェリド侯爵が笑う。その笑みになぜか不気味なものを感じて、アリーシェは一歩後ろに下がった。だが、すぐ後ろに金髪の侍従がいて、それ以上下がることはできなかった。

「私の祖国であるシュレンドル帝国は周辺諸国のどの国も及ばない高度な技術を持っております。その技術は医療の場にも及んでおりましてね。必要のないイボや痣、火傷の痕などを切り取ったり、綺麗な皮膚を代わりに移植したりすることも可能なのです。それもこれも研究開発に潤沢な予算や人材を投入してくださる皇帝陛下たちのおかげですね」

実に楽しげにジェリド侯爵はアリーシェに言った。

「つまり、あなたの額にある聖痕を切り取って、他の誰かに移植することが可能なのです」

「……っ！」

アリーシェは息を呑んだ。ジェリド侯爵とエメルダがアリーシェを殺すことなく捕らえて城まで連れてきた目的が分かってしまったのだ。

――逃げなくちゃ！

痣が奪われるだけではない。彼らはきっと痣を切り取った後は、アリーシェを殺すだろう。なぜかそう確信できる。

アリーシェは扉に向かって走り出そうとした。不意をつけば逃げられるかもしれない。とにかく、何もできないまま死ぬのだけは嫌だった。

ところが、アリーシェは一歩も進むことができなかった。侍従が連れてきていた屈強な兵士たちがアリーシェの両腕をガシッと掴んで彼女の身体を拘束したからだ。

「放して！」

何とか振り切ろうともがくアリーシェに、エメルダ王妃が艶然と笑う。

「ジェリド侯爵のお力を借りてシュレンドル帝国の医療技術でお前の痣を切り取り、モニカに移植してくれることになったの。痣さえ取ればお前はもう用済みよ。母親のもとへ逝かせてあげるわ。ああ、聖痕を提供してくれるお礼に、苦しまずに眠るように殺してあげる。よかったわね？」

モニカが嬉しそうに笑った。

「痣さえあれば、私は聖帝の妃になれるの。ねぇ、わたくしの役に立って死んでくださるわよね、お姉様？」

＊＊＊

ロジェーラ国の王城の廊下を、侍女服を身に着けた黒髪の女性が歩いていた。

彼女が手にしているは手のひら大の薄いガラス状の透明なプレートだ。彼女はひと気のない廊下で立ち止まると、空き部屋と思しき部屋の木戸にその透明な板を貼りつけた。

更にその侍女は城中の主要な場所を巡っては同じことを繰り返す。そして最後に国王のいる主居館にたどり着き、残り一枚になったプレートをリネン室の扉に貼りつけた。

もしこのプレートをアリーシェが見ることができれば、きっと彼女は「あっ」と驚いていたことだろう。なぜかというと、侍女が貼りつけているのは「神の庭」と呼ばれる神域にある水晶を薄く切ったものだったからだ。

「さて、これで終了っと。でも相変わらずこの城の警備は穴だらけね。素性の分からない侍女が主居館に立ち入っても誰も不審に思わないだなんて」

侍女が呟く。もっとも、これは兵士に誰何されても、侍女が「王妃様のお使いで」と嘘を言って通してもらっているからだろう。絶大な権力を誇るエメルダ王妃の名前を出せば、大抵の者は詮索しようとしないのだ。

「まぁ、今エメルダ王妃は人払いをしているから、確認しようにもできないんだけどね」

ぺろりと舌を出した侍女は廊下で立ち止まって窓の外を見つめる。

「そろそろ時間かしら？　9、8、7……」

順番に数字を告げていき、最後に侍女が「3、2、1」と呟いた瞬間、彼女が貼りつけたプレートが眩い光を発した。

――ドンっ！

光と共に激しい爆発音が鳴り響く。それは侍女のいた主居館の廊下だけではない。今や城のあちこちの建物から同じような音が轟いていた。

侍女は吹き飛ばされた扉から兵士が――それもロジェーラ軍の制服ではない、金色の甲冑を着た別の国の兵士たちが飛び出してくるのを見て満面に笑みを浮かべた。

「はあーい、皆さん。速やかに王族を確保。速やかに城内制圧をお願いしますね」

「おう！」

「聖帝陛下のご命令とあれば！」

「行け――！」

たくさんの兵士が、吹き飛んだ扉から飛び出してくる。もしこの光景を目撃している者がいたら、どこにそれほどの数が潜んでいたのかと驚愕するだろう。彼らはあらかじめ知らされていた場所をめがけて駆けていった。

すぐに、狼狽えるような声と共に悲鳴が響き渡る。

「抵抗しない方がいいですよ。帝国の装備に比べればおもちゃのようなものですからね、ロジェーラ軍の装備は」

剣戟の音も聞こえたが、それはすぐにやんだ。侍女の呟きの通り、抵抗してもあっという間に倒された仲間を見て、多くのロジェーラ軍の兵士が投降を始めていたのだ。

同じような光景は城のあちこちで見られた。もはや敵がいない建物は王妃とジェリド侯爵たちがいる建物だけだ。

最初の爆発が起こってから十分後。目標捕獲の連絡が入って、侍女はひとまずホッと安堵の息を吐く。

「首尾はどうかな？」

聞き慣れた上司の声に侍女は振り返った。壊れた扉の中から悠然と姿を現したのはシュレンドル帝国宰相のアルベルト・ルーウェンだった。

「目標は捕獲済みです。残すは王妃たちのいる建物のみですね」

侍女の報告にアルベルトは頷いた。

「あっちには陛下が行っている。僕らは捕虜を連れて最後の仕上げの観戦といこう」

「はい」

二人は並んで廊下を歩き始めた。

「しかし水晶の力を媒介にしたとはいえ、数百人のシュレンドル兵を一気にロジェーラ国の城へと送り込むなんて、さすが聖帝陛下。化け物じみてますね」

しみじみと侍女が言えば、アルベルトが苦笑する。

「確かに陛下は我々には及びもつかない力を使う。そのため孤独で、常人とは違う人生を歩まなければならない。でもね、『神の子』と言われようがあくまで陛下は人間だ。なのに、僕ら臣下たちや国民に『神』であることを望まれ、それに応じようと人間としての部分を犠牲にして生きてきた。だけど人間は一人では生きていけないんだよ、ファナ。僕はアリーシェ王女が陛下を『人間』に引き戻して……いや、人としての人生を陛下に教えてくれるんじゃないかと期待しているんだ。だってそのために神は『神の花嫁』を世界に送り出しているんだからね」

「そうですね。私も姫様には幸せになってほしいです。聖帝陛下だろうと隠者であろうと、誰であろうと、姫様が幸せになれればそれでいいんです」

侍女は立ち止まり、かつて小さな姫が閉じ込められていた離宮があった場所を窓ごしに見つめた。そこには今はもう何もない。焼け落ちた残骸(ざんがい)も撤去されて、彼女たちが暮らしていた形跡はどこにも残っていなかった。

寂しいという気持ちもある。でもきっとそれでいいのだ。

――あなたが幸せに笑っていられる場所が私たちの居場所なんですから、姫様。

「おーい、ファナ。先に行ってしまうよ？」

「はい、今すぐ参ります！」

侍女はアルベルトに追いつくため、足早に歩き始めた。

＊＊＊

「いや、放して！」

アリーシェは兵たちの手を振りほどこうとした。けれど身体の大きな兵の力に敵うはずもない。

「暴れるのは困りますね。その聖痕に傷をつけられでもしたら台無しだ」

ジェリド侯爵はしばし考え込むと、衝立の向こうに声をかけた。

「先生方。鎮静剤……いや、手術をするのであれば、麻酔薬の方がいいかな。彼女に打ってもらえないか」

「承知しました、侯爵閣下。手術室に運びやすいように担架も用意しましょう」

奥から声がして、白衣を着た男性が四名ほど出てきた。二人は担架を持ち、残りの二人の手には丈夫そうな革の鞄が握られていた。

「この方たちは私がシュレンドル帝国から連れてきた医者だ。手術室の準備はできているそうなので、麻酔薬を君に投与して連れていくことにしよう」

「やめてっ！　放して！」

麻酔薬など打たれたら、きっと何も抵抗できないまま痣を奪われて、殺されてしまうだけだ。

――なんとか逃げないと！

けれど兵士たちの手を振りほどけないまま、白衣の医者たちが床に用意した担架の上に引き倒されてしまう。手が鉄の輪でガチリと拘束され、動けなくなる。手だけではない。医者たちはアリーシェの両脚にも丸い鉄の輪をはめて動けないように固定してしまった。

「ふふ。いい格好よ、お姉様。とても無様で、すごく素敵」

「そうね。なんていいざまかしら」

モニカとエメルダは、アリーシェがむなしい抵抗をしているのを愉悦を含んだ表情で見守っている。

悔しくてやるせなくて涙が出てきた。

――私はこのままグラム様に会えずに殺されてしまうの？　この痣のせいで！

アリーシェの人生は生まれた時から痣のせいで歪められてきた。それが聖痕だ、聖帝の花嫁の証だと言われても何ひとつ嬉しくない。そして結局、グラムに恩すら返せないままこの痣のせいで命を落とすのだと思うと、自分の人生が何のためにあったのか分からなくなる。

――私はまだ何もしていないのに！

なす術もなく、アリーシェは医者の一人が注射を用意しているのを見つめる。きっとあの注射を打たれたら意識を失いそのまま死んでしまうのだろう。

――ああ、グラム様、せめてあなたに気持ちを伝えておけばよかった。あなたが好きですって……。

「さぁ、注射を打ちますよ」

注射針を持った医者がアリーシェの腕に針の先を近づけていく。

「いやっ！　やめて――――！」

声のかぎりに叫んだ時だった。

「ピィィィイ――――！」

ヴィラントがアリーシェの胸もとから飛び出して空に舞い上がり、鋭い声で鳴いた。今まで聞いたことがないような甲高い声だった。同時にヴィラントの全身が眩いばかりの光を発し、今にもアリーシェに注射針を打とうとしていた医者と、担架の傍にいた他の医者、それに近くにいた兵士たちを吹き飛ばす。

「うわあああ！」

「きゃあ、何!?」

「眩しいっ……！」

光の中で、アリーシェの手足を拘束していた鉄の輪がはじけ飛ぶ。

頭上に輝く眩い光に、アリーシェは一瞬だけ自分の状況を忘れて魅入った。白い光の中で、それに負けないくらいに輝く虹色の光彩がとても優しく感じられたからだ。

——不安も、恐れも、何かもが光の中に溶けていく。……これは一体何かしら。

呆然と見上げていると、光は急速に収束した。

光が収まったのち、そこにいたのは白い小鳥（ヴィラント）ではなく、鷹（たか）や鷲（わし）ほどの大きさの真っ白な鳥だった。長く伸びた尾っぽの先は虹色に輝いている。その姿は神話に登場する神鳥とそっくりだった。

「ま、まさか、この鳥は——神鳥!?」

誰もが唖然として神鳥を見上げる中、動揺したようなジェリド侯爵の声が部屋に響く。

——神鳥？

神鳥というのはシュレンドル帝国の神話に必ず出てくる鳥だ。娘の願いに応えて天界から降りてきた神は、神鳥の導きによって聖なる森となる場所を定める。神は神鳥の示す場所に森を作り、そこから荒れた世界を緑豊かな大地に変えていった。

次に神鳥が出てくるのは聖帝の話だ。聖帝は身体のどこかに国花を象った聖痕と卵を抱えて誕生する。その卵から孵るのが神鳥だ。常に聖帝の傍らにいて、聖帝が人間としての寿命を終えると卵に戻り、次の聖帝が誕生するまで眠りにつくのだという。

――神鳥？　あれが神鳥？　神鳥がここにいるということは、聖帝陛下が……ここに来ている？

神鳥は部屋の中を大きく旋回すると、扉の方に向かってゆっくりと降下していく。

いつの間にか扉の前には、黒いローブに全身をすっぽりと包んだ男が立っていた。神鳥は黒いローブの男の肩に降り立つと「ピィィィィ」とヴィラントより少々低い声で鳴く。

「……グラム、様？」

馴染みのある、愛おしい人の姿を見つめてアリーシェの緑色の目からどっと涙が溢れて零れ落ちる。

「グラム様！」

アリーシェは床から立ち上がると、グラムの胸の中に飛び込んだ。すかさずグラムの腕がアリーシェを包み込む。

「アリー、怪我はないか？　もう大丈夫だ。何も心配はいらない」

「うん、グラム様が来てくださったんだもの」

たの！

——グラム様の体温、グラム様の匂い、グラム様の声。ああ、ずっとこれを感じたかっ
　グラムがいる、助けに来てくれた。それだけでもうアリーシェは安心できた。

　ジェリド侯爵は安堵の息を吐く。

「……神鳥が出てきた時は、てっきり聖帝陛下が嗅ぎつけてきたのかと不安になったが、杞憂だったようだな……」

　小さな声で呟いた彼は神鳥を肩に乗せている黒いローブの男に尋ねる。

「貴様は何者だ……と言いたいところだが、その出で立ちで分かる。貴様が『聖なる森』の管理者である隠者か」

「い、隠者？　これが？」

　突然の出来事にびっくりしていたエメルダだったが、いきなり単身で現れた黒いローブ姿の男を見て少し余裕を取り戻したようだった。

「不審者め！　兵よ、この侵入者を今すぐ捕らえなさい！」

　だが部屋に残っていた兵士は神鳥……いや、ヴィラントの放つ光に打たれて気絶し、床に伸びたままだ。動ける者といえば、部屋の外に立っている警備兵のみ。ところが警備兵は突っ立ったまま動かない。いや、動けないのだ。中で何事か起こっているのは分かっているのに、身体が言うことを聞かなかった。

　そしてそれは金髪の王妃付きの侍従――ヨハネスも同様だった。

「ヨハネス、何をしているの！　そいつをどうにかしなさい！　だめならせめて人を呼んできなさい！」

「だ、だめです、エメルダ様。動けません……身体が」

「何ですって？　お前……お前のせいなの⁉」

　エメルダはアリーシェと隠者を睨みつけた。モニカは母親に身を寄せながら黒ずくめの男を不気味そうに眺めている。

「俺のせいに決まっている。世界に魔法が絶えた今、こんなことができるのは俺くらいなものだ。言っておくがお前たちの味方は誰も来ないぞ。この建物にいる者は全員無力化しているからな。この建物だけじゃない。この城はもうシュレンドル軍によって制圧済みだ」

　隠者はさらりと告げた。エメルダは絶句する。

「なっ、制圧？　城が？　シュレンドル軍に？」

「ハハハ。シュレンドル軍か」

　ジェリド侯爵が突然笑い出す。

「シュレンドル軍に私を捕らえることはできまい！　私は侯爵家の当主だぞ？　指揮権が誰にあるか知らないが、私の方が身分が上だ。公爵家は誰も軍の要職についていないからな」

　余裕があるのは、ロジェーラの城にいるシュレンドル帝国軍の指揮官の身分は確実に自分と同じか下だと分かっているからのようだった。

「……グラム様」

　アリーシェは不安そうにグラムを見上げた。

　帝国は皇帝を頂点とした完全な身分社会だ。いくら軍の指揮官がそれなりの地位を築いていても、自分より身分の高い貴族をおいそれと捕まえることはできない。それをするなら皇帝の許可が必要だ。

　――この人を逃がしてしまうことになったら……私はきっとまた狙われる。

　彼の言葉の端々から何となく感じていたもの。それは執着心と執念だ。エメルダや、聖帝の妃になりたいモニカよりも聖痕にこだわっているのはジェリド侯爵だということにアリーシェは何となく気づいていた。

「大丈夫だ、アリー。心配はいらない」

　安心させるようにグラムはアリーシェの背中を撫でた。

「軍を指揮しているのは皇帝だ。そいつを逃がすことはない」

「聖帝陛下が？　バカを言え。陛下はお忙しいんだ。このような場所に来ているはずがない。……いや、でもどうして兵が？　シュレンドル帝国軍がロジェーラに向けて進軍していたなら、私の耳に入ってもいいはずなのに……」

言いながら、ジェリド侯爵の顔からどんどん血の気が引いていく。ようやくこの不思議な現象が、とある人物の介入なしにはあり得ないと気づいたようだ。

「ま、まさか、本当に聖帝陛下が……」

グラムは深く被ったフードの内側で艶然と笑った。

「そういえばさっきお前は俺が誰だと問うていたな。ならば答えよう」

ジェリド侯爵に目を向けたまま、グラムはおもむろに頭を覆ったフードを払いのける。

そこから現れたのはアリーシェのよく知るグラムだ。黒い髪に金色の目を持つ美丈夫。

……けれどその姿はすぐに別のものへと変化していく。

「……グラム、様？」

「私は『神の庭』の管理人である隠者にして、シュレンドル帝国の皇帝サージェス・グラムエルト・シュレンドルだ」

まるで魔法を見ているかのようだった。

うなじで一本に無造作にまとめていた黒髪は、高く結い上げた金色に。溶かした黄金のようだった瞳は、光の屈折により色を変える青みがかった黒へと変わっていく。

——聖帝陛下……？　グラム様が……聖帝陛下？

圧倒的な存在感、並外れた容貌、纏う神々しさを見れば、ただ人ではないとすぐに分かるだろう。ここにいるのは『神』に最も近い存在だと。

神鳥を従えた聖なる皇帝。シュレンドル帝国の生ける神がそこに降臨していた。

「せ、聖帝陛下……？　まさか、そんな……」

「控えろ、ジェリド」

「はっ……はい」

ジェリド侯爵は気圧されたようにその場に跪いた。彼の中のシュレンドル人としての血がそうさせたのか。それとも、神を前にしてその圧倒的な存在感に屈せざるを得なかったのか。

「私の花嫁を攫い、害を加えようとしたこと、許されると思うな」

「へ、陛下、私は……」

真っ青になったジェリド侯爵の額からは脂汗が噴き出て、床にポタポタと落ちていく。もはやジェリド侯爵から「自分は捕まらない」と豪語していた先ほどまでの余裕はなくなっていた。

「お前には初代皇帝の霊廟を損壊した疑いもかかっている。お前の雇った者たちはすでに捕縛され、ジェリド侯爵に雇われて霊廟に侵入したと証言している」

「わ、私は、そのようなことは、決して……」

「お前の副官から、アルベルトの所へ連絡があってな。お前の雇った者たちが霊廟に侵入して破壊工作をすることはあらかじめ情報が入っていたんだ。だから、待ち伏せして連中はその場で捕縛している。お前が命じたことも証拠としてお前の副官が提出済みだ」

「なっ……！」

部下に裏切られたことに……いや、そもそも部下が宰相アルベルト・ルーウェンが放った間諜（かんちょう）だったことにようやく気づいたのだろう。愕然とした顔を上げて、ジェリド侯爵は絶句していた。

「お前が何かよからぬことを画策しているのには気づいていた。それでも実行しようとしなければ放置したものを。アルベルトの手のひらの上で踊らされていたとはいえ、お前は簡単に一線を越えてしまったようだな」

「……」

ジェリド侯爵はがっくりとうなだれた。

「……ま、まさか、本当に、聖帝陛下なの!?」

一連のやり取りを驚いたように見つめていたエメルダとモニカは色めきたった。自分たちがジェリド侯爵と同じように断罪される立場だということに少しも気づいていない彼女たちは媚を売り始める。

アリーシェを害そうとしたのを当のサージェスに邪魔されたこと、助け出されたアリーシェがサージェスの腕に抱かれていることなど、彼女たちにとっては些細なことだったよ

うだ。

「ま、まぁ、まぁ、聖帝陛下。ロジェーラにようこそいらっしゃいました」

「聖帝陛下。わたくしは第二王女のモニカと申します。義姉のアリーシェは聖帝陛下の妃として相応しい者ではありません。どうかわたくしを陛下の妃にしてくださいませ」

「……醜悪だな」

サージェスは呟き、エメルダたちを一瞥した後は彼女たちを完全に無視した。アリーシェを抱いている方と反対の手で神鳥の背中を撫でる。

「よくアリーシェを守ってくれたな、ヴィラント。お前のおかげだ」

「ピィ！」

——ヴィラント、ヴィラントですって？　やっぱりこの神鳥はヴィラントだったの!?

目の前で起こっていることについていけないアリーシェは啞然とするばかりだ。そもそもまだグラムが聖帝本人だったこともアリーシェの頭の中では納得できていない。

——一体、何がどうなって……。

急に廊下が騒がしくなり、バーンという音を立てて扉が開いた。

「やぁ、やぁ、お待たせしました」

入ってきたのはアルベルト・ルーウェンと、眼鏡をかけた侍女姿の女性だった。

アルベルトはサージェスとアリーシェの姿を見て安堵したように微笑んだ。

「陛下の方も首尾よくいったみたいですね。アリーシェ様もご無事で何よりです。陛下、すべてはこちらの手はず通りに進んでおります。すぐに……っと、おや、そちらはもしやロジェーラ国王妃エメルダ陛下と第二王女のモニカ殿下ではございませんか？　私はシュレンドル帝国の宰相アルベルト・ルーウェンと申します。以後お見知りおきを」

にこにこと愛想よく笑いながら、アルベルトはエメルダたちの前まで行って優雅に礼をする。

「え、ええ。そうよ。私はこの国の王妃エメルダです」

「わたくしは王女のモニカよ」

彼女たちはサージェスから聞かされていたにもかかわらず、すでにロジェーラの王城がシュレンドル軍によって制圧されていることを信じていなかった。なぜならサージェスは王妃のいるこの建物だけは制圧対象から除外したからだ。主居館から距離が離れているこの建物には、王城のあちこちから聞こえてくる悲鳴や喧騒は届いていなかった。

「自己紹介ありがとうございます。さて、さっそくですが、この城は我々シュレンドル帝国軍が制圧しました。エメルダ王妃とモニカ王女もその身柄を拘束させていただきます」

「え……？」

「なっ……!?」

アルベルトの合図でシュレンドル軍の兵士たちが扉から入ってくる。彼らはエメルダとモニカを取り囲んだ。サージェスによって動けなくなっている金髪の侍従や扉の外にいたロジェーラの警備兵、そしてジェリド侯爵も、シュレンドル軍の兵士たちによって拘束されていく。

「近寄らないで！　こんなこと、お父様が許さないんだから！」

「無礼者！　放しなさい！　いくら帝国でもこのような暴挙が許されるはずが——」

喚くエメルダの言葉が急に途切れた。なぜなら、シュレンドル軍の兵士によって拘束された国王キースタインと彼の側近、そして主だった重臣たちがぞろぞろと入ってきたからだ。

「放せ！　一体私が何をしたと——」

「へ、陛下！」

「お父様!?」

ギョッとするエメルダとモニカにアルベルトはにっこり笑った。

「親子仲よく虜囚になっていただきますね」

「宗主国といえども、我々がこのような目に遭わされる覚えはないぞ！」

喚くキースタインとは対照的に側近や重臣たちは顔が青ざめながらも大人しかった。なぜこのような目に遭っているのか、何がシュレンドル帝国の逆鱗に触れたのかということを、ここに来る前にアルベルトに説明されていたからだった。

ところが同じ説明を受けてもキースタインだけは納得していなかった。強引な手を使ってアリーシェを捕まえさせたのはエメルダの指示で、自分は関係ないのだと言って憚らない。挙げ句の果てに「アリーシェを帝国にくれてやるからそれでいいだろう」とまで言ってアルベルトならず兵士たちまでも怒らせていた。特に眼鏡の侍女の怒りはすさまじく、国王に殴りかかろうとする彼女をアルベルトが押さえなければならないほどだった。

「さて揃ったようだな」

アリーシェを腕に抱いたままサージェスが口を開いた。本来であれば虜囚となったとはいえ、一国の王であるキースタインには声をかけて名乗るべきだろう。けれど、サージェスはそれをしなかった。名乗りを上げる価値すらないと判断したようだ。

サージェスがアルベルトに視線を向けると、彼は頷いて前に出た。

「先に説明したように、このたびの占拠は命を狙われてシュレンドル帝国に保護されていたアリーシェ王女を無理やり拉致したこと。そしてシュレンドル帝国の皇帝であるサージェス陛下の妃に内定していたアリーシェ王女に危害を加えようとしたことが理由です。城の占拠だけで済んだのはむしろ温情だと思ってください。先代の聖帝陛下は『神の花嫁』に危害を加えようとしたとある国の王族を一国ごと滅ぼしてしまいましたからね」

「ひっ」

国王キースタインは顔を引きつらせた。

「帝国の要求は三つです。一つ目は、今後一切アリーシェ王女に関わらないこと。二つ目は現国王は退位し、能力に見合った者に王位を譲ること。当然、今の側近たちも退任になる。三つ目は――」

「お待ちください、聖帝陛下！」

アルベルトの言葉を遮るように声を上げたのはモニカだった。

「お姉様ではなくわたくしを妃としてシュレンドル帝国にお連れくださいませ！」

シュレンドル軍の兵たちは取り囲んでいるだけでまだエメルダとモニカを拘束していなかった。それをいいことにモニカは取り囲んでいる兵士の隙をついて抜け出し、サージェスの前に躍り出た。そしてサージェスの腕に抱かれているアリーシェを睨みつける。

「王族としてろくに教育も受けていないお姉様に皇妃は無理です。陛下に恥をかかせるだけです。お姉様よりわたくしの方がよほど大国の皇妃に相応し」

「何を言っているんだ、この女は」

サージェスの冷ややかな声がモニカの言葉を遮った。

「私はアリーシェに危害を加えようとした者を処罰するために来た。処罰対象であるお前がアリーシェの何を語るつもりだ。お前の態度によってこの国がどうなるか分からないというのに、どこまで頭が沸いているんだか」

「モ、モニカ、おやめなさい。今はそんなことを言っている場合ではないわ」

さすがにエメルダは王妃を長い間務めているだけあって、モニカの発言がこの場にそぐわないものであること、そしてこの国が今滅亡の危機にあることを感じ取っているようだ。

ところが甘やかされて育ってきたモニカは母親の懸念に気づくことなく、頬を膨らませた。

「まぁ、お母様！　お母様が仰ったんじゃないですか。お姉様よりわたくしの方が聖帝の妃に相応しいと。聖痕が妃になるために必須なら、お姉様から譲っていただくわ。それならいいでしょう、聖帝陛下」

──ああ、なんてことを……。モニカは今自分が何を言っているのか分かっているの？

モニカは今まで何をしても何を言っても賞賛されるような生活を送ってきた。そのため、自分は何を言っても許されると思っているのだ。父親と母親がなんとかしてくれると。けれどシュレンドル帝国の聖帝相手にそれが通用するわけがない。

「モ、モニカ」

さすがのキースタインも今の愛娘の言動はまずいと思ったらしい。彼は止めようとしたが、すべては遅かった。

「命が惜しくないと見える」

サージェスは冷笑すると、アリーシェにそっと囁いた。

「アリー、少し下がっていて」

「は、はい」

いまだアリーシェは混乱の中にあったが、グラム——いや、サージェスが怒っていることは感じ取れた。

アリーシェを下がらせると、サージェスはモニカの前に立った。モニカはうっとりとサージェスを見上げる。その視線が不快だと思ってしまうのは、アリーシェの心が狭いからなのか。

「アリーシェより自分の方が私に相応しいと言ったな？　ならば聖帝たる私の隣に立つ資格があることを自ら証明するがいい」

「もちろんです」

モニカはサージェスに寄り添い、その胸に頬を寄せようとした。こうするだけで大抵の男は言うことを聞いてくれると知っているからだった。ところがサージェスは手を伸ばし、モニカの頭を鷲摑みにして遠ざける。

「ふざけるな。俺に触れていいのはアリーだけだ」

「えっ……」

次の瞬間、モニカの口からすさまじいまでの悲鳴が上がった。

「ああ、ああああああ！」

モニカの口から血が噴き出す。それだけではなく、目から血の涙が流れ、鼻からも耳からも、彼女のあらゆる穴から血が噴き出していく。

「ああああああ」

モニカはその場で卒倒して床に倒れ込んだ。エメルダが悲鳴を上げる。

「きゃあああ。モニカ！」

倒れたモニカを一瞥し、面白くもなさそうに聖帝サージェスは笑った。

「私は先祖返りでな。初代皇帝の神の子としての力を色濃く受け継いでいる。ジェリド、お前は知らなかったようだが、私の身体からあふれ出る神力は、あまりに濃すぎて人間の身には毒になるんだ。今は自分の意思で抑え込むことができるが、幼い頃は力も垂れ流しで、私の傍にいて長時間耐えられるのは先代の皇帝だった父上と、同じく皇族の血を引くアルベルトくらいだった。普通の人間はこの娘のように身体が耐えきれなくなって死に至る」

「なんと……」

ジェリド侯爵は床に横たわるモニカを呆然と見つめていた。駆け寄ってきたエメルダが懸命に娘に声をかけているが、モニカの反応はない。

「貴様はエメルダ王妃を騙し、アリーシェの聖痕を奪ってモニカ王女には偽りの痣を移植し、自分の娘に本物を移植するつもりだったようだが、たとえそれができたとしても、結果はこの娘のようになって終わっただろう。お前たちのしていることはすべて無駄だった。

痣はたんなる目印にすぎないのだから」

「モニカ、モニカ、返事をして、モニカ！」

　エメルダが懸命に呼びかけている。サージェスは言葉を切ると、アルベルトに小声で命じた。

「その辺に転がっている医者を叩き起こせ。今なら処置をすれば命は助かるだろう」

「はい」

「さて、どこまで言ったか。ああ、そう、痣のことだったな。お前たちが目にしたように聖帝の持つ神力は強すぎて普通の人間は近づけない。だがそれだと聖帝は子を成せず、神の血統は途絶えてしまうだろう？　だから、神は聖帝のために神力を浴びても影響を受けない体質の女児を誕生させる。それが、聖帝と同じ聖痕を持つ少女たちだ」

　サージェスはジェリド侯爵やエメルダ、それにキースタインたちに見せつけるように手の甲を掲げた。その手にじわりと黒い痣が浮かび上がる。それは八つの花びらを持つ紋章の形の痣だった。アリーシェはその形に見覚えがあった。鏡を見れば、いつもアリーシェの額に浮かんでいたものと同じだったからだ。

　――グラム様も私と同じ痣を持っていたの？

「痣は目印にすぎない。私の傍にいても死なないことが、花嫁の条件だ。いくら痣を移植しようが、意味がないことがこれで分かっただろう」

「ああ……なんということだ」

ジェリド侯爵は顔を覆った。もしアリーシェの聖痕を奪っていたら自分の娘もモニカと同じような目に遭っていたかもしれないことが分かったのだろう。つまり最初からジェリド侯爵の計画は失敗することが決まっていたのだ。

そして聖帝が、今まで自分のもとへ送り込まれてきた聖痕を偽る女性たちをどうやって判別してきたのか、その答えをジェリド侯爵は知ってしまった。

「お前たちに見せてやろう。本当の『神の花嫁』を。……アリーシェ」

サージェスはアリーシェを抱き寄せ、その唇にそっとキスを落とした。アリーシェは突然のことにびっくりしたものの、馴染みのあるキスの感触に目を閉じる。

――こうして目を閉じるとよく分かる。ここにいるのは聖帝陛下だけど、間違いなくグラム様だ。私を拾い、居場所を与えてくださった隠者様だ。

モニカの悲劇を目の当たりにしたアルベルト以外の人間は、アリーシェにも同じことが起こるのではないかとヒヤリとした。けれど、アリーシェがモニカのように血を流すことはなかった。

顔を上げたサージェスはアリーシェの前髪をかきあげ、痣のある部分にキスを落として囁いた。

「これ以上のことは後のお楽しみに取っておこう」

アリーシェの頬が真っ赤に染まった。そんなアリーシェを再び腕の中に抱きしめて、サージェスは部屋を見回した。

「これで分かっただろう？　アリーシェこそ、私の花嫁。伝承に謳われた『神の花嫁』だ。彼女を害することは私を害するのと同じこと。簡単に許されると思うな。キースタイン国王、貴殿もだ。私の花嫁を長年幽閉して冷遇した罪はその身で贖ってもらうぞ」

「そ、それは側近たちが、不吉な印の子どもを表に出すなと言ったからで……」

キースタインは言い訳めいたことを言ったが、サージェスは無視した。

「自分の決断したことの責任も取れない国王など必要ないな。早々に退位してもう少しマシな人物に譲るがいい。ああ、お前の息子とやらはダメだ。相応しくないし、今後は王家を名乗れなくなるだろう」

帝国の要求の三つ目は、王妃エメルダとその子どもたちと親族一同を貴族籍から抜き、一生幽閉するというものだった。

「何ですって!?　王族である私たちを幽閉するというの！」

エメルダ王妃が喚き立てる。モニカが何とか一命を取り留めたことで、すっかり元の調子に戻っているらしい。けれど、エメルダが大きな顔ができたのも、ここまでだった。

サージェスがけろりとした口調でこう言ったからだ。

「どうせ貴様の娘も息子も国王の種じゃないんだ。幽閉したところで何も問題あるまい？」

部屋中が一気に凍りついた。エメルダの顔からサーッと血の気が引いていく。

「――――え？」

言葉を発したのは誰だったか。キースタインだったかもしれないし、アリーシェだったかもしれない。

「神の血を引いているせいか、何となく分かるんだ。ロジェーラ国王の血を引いているのはアリーシェだけ。それ以外のそこの娘も王太子だとかいう息子も、国王の子どもではない。本当の父親は――」

サージェスは部屋を見回して、シュレンドル軍の兵士に拘束されている金髪の王妃付き侍従ヨハネスを見つけて指さした。

「お前だ。王妃の親戚で、王家に嫁入りする前からこの男とは愛人関係にあったようだな。王妃は一族の特徴でもある金髪に青い目であることが何より自慢で、国王のような土の色の髪の子どもは産みたくなかったらしい。だから托卵したんだろうな」

「なっ、なっ、なっ」

ヨハネスの顔は真っ青だった。いや、それよりも青い顔になっていたのはエメルダ王妃だ。自分の罪が思いもよらない形で暴かれてしまい、いつもの傲慢な様子から一転して、ガタガタと震え始める。

アリーシェは金髪の侍従ヨハネスの笑みがモニカの笑顔と重なって見えたのを思い出し

ていた。遠縁だから似ているのかと思っていたが、もしかしたら父娘だから重なって見えたのかもしれない。

「お、王妃、お前、まさか……」

キースタインが愕然とした表情でエメルダを見る。エメルダはとうとう耐えられずその場で卒倒した。

……その後に起こった騒動をアリーシェは思い出したくもない。すぐに目を覚ましたエメルダとキースタインの醜いやり取りや、謝り続けるヨハネスの声や、ヒステリックに喚くエメルダの金切り声など、酷い修羅場だったのだ。

呆れ果てたサージェスが彼ら関係者を引き離す指示を出したことでようやく収拾した。

「……アリーシェ」

部屋から追い立てられていくキースタインが縋るような目でアリーシェを見ていた。きっと本当の自分の血を引く子どもはアリーシェだけだったと分かったからだろう。けれど、アリーシェはそんな父親に冷めた視線を送った。

父親の情など感じたことは一度もない。父という存在が自分にもいることを知ってほのかにめばえた期待や思慕も、無関心な父親の姿に早々に諦めることを覚えた。血のつながりはあるかもしれないが、すでにアリーシェにとっては他人も同然だ。

――この人がしっかりしていれば、私が痣を理由に閉じ込められることも、メアリアやファナやトムス爺様たちが消息不明になることもなかった。

冷たいようだが、キースタインもエメルダもモニカも、別室で拘束されているという異母弟も、どうなっても構わないと思っている。

——そう。私にとって大切なものは、もうここにはないの。

「さようなら、お父様」

アリーシェは最後くらいはと挨拶をした。おそらくキースタインとはもう会うことはないだろう。キースタインは退位した後どこかに軟禁されて二度と表舞台には出てこられなくなる予定だ。それがサージェスがキースタインに与えた罰だった。

キースタインは肩を落として部屋を出て行った。

エメルダもキースタインもヨハネスも連れていかれて、ようやく部屋は静かになった。やれやれと思って指示を飛ばすサージェスの傍にいると、眼鏡をかけた黒髪の侍女が近づいてくる。

「姫様、ご無事でよかったです。こうしてお会いできて嬉しいです」

「えっと、あの、知り合いでしたっけ？」

戸惑いながら応対していると、侍女は「あっ」と声を上げた。その声はなぜかとても懐かしい響きがあった。

「眼鏡をつけていたし、髪の毛も色が変わりましたものね」

言いながら侍女は眼鏡を外した。温かな色を宿したこげ茶の目に、アリーシェは見覚えがあった。

「………ファナ？」

震える声で尋ねると、侍女――ファナはにっこり笑った。

「はい。そうです。ファナです。お久しぶりでございます、姫様」

「ファナ！　ファナ！　ああ、よく無事で！」

アリーシェはファナに抱きついた。ファナもアリーシェをぎゅっと抱きしめる。

「すっかり大きくなりましたね、姫様」

「ファナ、心配したの、すごく心配したのよ。もう二度と会えないんじゃないかと思って！」

涙が出てきて止まらなくなった。

「申し訳ありません、姫様。検問所で追いかけてきた兵は撒くことができたのですが……」

ファナが言うには、兵士がなかなか追跡を諦めてくれなくて、アリーシェを追いかけるのが遅くなってしまったのだそうだ。

「姫様に追いつくか、森沿いの村のどこかで落ち合えると踏んでいたのですが……。姫様が森の深くに入られてしまい、しかも隠者様に匿われてしまわれたので、会うことができなくなってしまいました。私は森に入れないですから。その後も隠者様は姫様を囲い続けて、全然シュレンドルの王都に連れてきてくださらないし！」

　アリーシェが森から出てくるのを待ちながら、ファナはアルベルトの部下として働いていたのだという。

「いいえ、実はもともとアルベルト様の部下でして。仕事の一環としてロジェーラに来ていたのですよね。あ、そうそう。メアリアもトムス爺様も無事ですよ、姫様」

「……え!?　メアリアも？　トムス爺も？　本当？」

　前のめりになって尋ねると、ファナはにっこりと笑った。

「はい。火事の時、私の仲間が待機していたので、焼け死ぬ前に助け出すことができたのです。怪我も完治するのに時間がかかりましたが、もうすっかり良くなりましたよ。二人も姫様のことを心配しておりました」

「そうだったの。……ああ、でも無事でよかった。本当によかった……！」

　また涙が出てきてしまい、アリーシェはファナに縋りついた。

「二人も私と同じくシュレンドル帝国の王都にいますから、会えますよ」

「会いたいわ、二人に。この二年、すごくすごく色々なことがあったの」

「私たちにも色々あったので、その辺りのことは今度ゆっくりお話ししたいです。姫様を独占しようとする人がいますけれど、私たちも姫様を大切に思う気持ちは負けませんからね」

「……そろそろアリーを返せ」

いきなりサージェスの声がしてアリーシェの身体はファナから引き剝がされた。

サージェスはアリーシェの身体をすっぽりと覆い隠すように抱きしめると、ファナに命令する。

「ファナ。お前はアルベルトの補佐だろう。ここのことはお前たちに任せるからキリキリ働け。俺たちは一足先に森に戻っている」

「はぁ、結婚前からこの独占欲。先が思いやられますね」

ファナはわざとらしくため息をついた。

「姫様、頑張って舵取りしてくださいね。それでは、また今度」

アルベルトのいる方に去っていくファナの背中を見つめていると、サージェスがアリーシェに手を差し伸べた。

「森へ帰ろう、アリー」

――私にとって大切なもの。それはこの手の中にある温もりだ。奪われてばかりだった私が、初めて得た大切なものたち。

「……はい！」

差し伸べられた手を、アリーシェは躊躇することなく取った。

＊＊＊

サージェスの手を取ったと思った一瞬ののちには、アリーシェたちは森の中心にある水晶の神殿に戻ってきていた。これもサージェスの力によるものらしい。

「帰ってこられてよかった。ありがとうございます。……ええと、陛下」

何と呼んでいいか分からず尊称で呼ぶと、とたんにサージェスは顔を顰めた。

「名前で呼べ。グラムでもいいし、サージェスでもどっちでも構わない」

彼の姿は聖帝のままだ。だからだろうか、少し調子が狂ってしまう。

——信じないわけじゃないけど、サージェス様とグラム様をまだ同じようには見れないわ。

顔だちもグラムの時と変わらない。ただ色が異なっているだけだ。けれど、纏う雰囲気は隠者の時とは明らかに異なっていて、別人のように思えてしまうのだ。

「……グラムは偽名じゃないんですね」

サージェス・グラムエルト・シュレンドル。

それがサージェスの正式な名前だ。ただし「グラムエルト」はほとんど使われていないらしい。知っている人も少ないので、隠者の時の名称に使用しているのだという。

「ならば、これまで通りグラム様でいいですか？」

「ああ。構わない」

それからなぜか沈黙が広がった。お互いに言いたいことはたくさんあるのに、言葉にできない感じだ。

なぜ隠者をやっているのか。グラムという別人を作る必要があったのか。

なぜ自分を拾って森に置いてくれたのか。

『神の花嫁』とは何なのか。本当に自分は聖帝の妃として選ばれたのか。

聞きたいことはたくさんあるのに、どうしてか声が出ないでいた。

どうしようかと思っていると、頭上でいきなり鋭い声が鳴り響いた。

「ピィィィィ——！」

神鳥——ではなく、すっかり元の小鳥の姿に戻ったヴィラントが急降下してきて、サージェスの頭を何度も突く。どうやら怒っているらしい。

「だから、置いてきて悪かったよ。おい、こら、突っつくな。だいたいお前、俺と同じで世界中どこでも移動できるじゃないか。なぜ怒っているのか理解できん」

どうやらロジェーラの城にヴィラントを置いて二人で森に戻ってきてしまったのが気に入らなかったらしい。

愛らしい小鳥に突っつかれる聖帝の姿に、アリーシェは思わず笑ってしまった。

「ふふ、ふふふふふ」

——やっぱり同じなんだわ。姿は少し違っていても、サージェス様もグラム様もみんなみんな同じあなた。そして私が好きになったのも愛しているのも、あなたであることに変わりはないのよ。

「そんなに笑うことか？」

ムッと口を引き結ぶサージェスと、ヴィラントが腹を立てている時の様子がよく似ていることに、アリーシェはますます笑ってしまうのだった。

それから五分後、怒りを収めたヴィラントはアリーシェの肩の上で上機嫌で鳴いていた。二人は今水晶の神殿にある居間で向かい合わせで座っている。

「ピュー、ピュイ」

こうしてみると、神鳥の姿は夢とか幻だったんじゃないかとさえ思えてくる。

——でも夢じゃないのよね……。

「さて、質問の件だ。俺が隠者をやってる理由だったな。答えは簡単だ。森の管理者である『隠者』は俺の一族の本業だったからだ」

サージェスが言うには、『神の子』の子孫の役割は水晶の森に蓄えられた膨大な神力を守り管理することだった。初代皇帝は森を守るために国を作った方がいいと判断して建国したが、本来は皇帝ではなく『隠者』の仕事が本業だったらしい。

「森の中心はこの世界で最も神力が強く残っている場所だ。ここに来られるのは皇族だけ。だから代々の森の管理者である『隠者』の役割は皇族が担ってきた。数代前まではそれなりに力のある皇族が何人もいたから、隠者の役職に困ることはなかったんだが。ここ数代は皇族の数も少なくなっていて、皇帝か皇太子が兼任するしかなかった。アルベルトは力の強い方だが、その彼でもこの中心には長くいられない。ここにいることができるのは、俺とお前くらいだ」

確かにここに来たアルベルトは大変そうだった。おそらく全然耐性のない人間が入ってきたらモニカのようになっていたに違いない。

――でも私は平気だったわ。

「グラム様。私がここに入ることができるのは、『神の花嫁』だからですか？」

「ああ、そうだ。ロジェーラの城でも説明したが、聖痕のある女性には神力への耐性がある。そうでないと聖帝の子どもは産めないからだ。そして候補者の中から聖帝によって伴侶として選ばれた女性が『神の花嫁』と呼ばれる。今では『神の花嫁』は聖帝の妃くらいにしか思われていないが、本来は『神の子どもを産むことができる花嫁』という意味で使われていたようだ。それで……」

サージェスは少し言いにくそうに付け加えた。

『神の花嫁』に選ばれた者は痣が聖痕へと変化する。お前も覚えがあるだろう。二年前、お前の痣はそれほど濃くなく、まだぼんやりとしていた。ところが森で生活していくうち色がはっきりしてきて、濃くなっていっただろう。あれが聖痕化だったんだ。つまり、お前が隠しきれないと頭を悩ませていたのは俺のせいだったんだ」

サージェスはそのことを気にしていたようだ。だからこそ痣を消すことに協力的だったのだろう。

アリーシェは一拍置いてから、最も尋ねたかったことを口にした。

「あの、グラム様。グラム様が私に小屋を与えて森にいられるように整えてくれたのは、私が『神の花嫁』候補だったからですか？」

自分がサージェスの運命の相手だったことは嬉しい。けれど、アリーシェは痣とか聖帝とか関係なくサージェスを好きになったのに、彼は花嫁候補だったからアリーシェを傍に置いてくれたのだと思うと、喜びに一滴の黒いインクが混じったかのような気持ちになる。嬉しいけれど素直に喜べない。そんな感じだ。

「違う」

サージェスは首を横に振った。

「確かに、この森に留まることを許可したのも小屋を与えたのも、お前が『神の花嫁』候補だったからだ。でも、その時はお前を実際に妃に選ぶつもりはなく、ただの親切のつもりだった。お前が生まれた時から痣のことで辛い思いをしてきたのは、間接的に俺のせいだったからな。だからお前を庇護して、成人するまで見守り、その後は自由に生きさせてやるつもりだった。罪滅ぼしのようなものだ。だが……」

急に言葉を切ると、サージェスはふいっとアリーシェから視線を外した。だが、その耳がほんのり赤く染まっていたことをアリーシェは見逃さなかった。

「今まで世話をされる身で、一から家事を覚えるのは大変だっただろうに、一度も不平不満を言わずに、一生懸命覚えようとしていたお前が……なんだかとても新鮮でな。木こりに会いに行っていた時のことを思い出したんだよ」

木こりはアリーシェの前にあの小屋に住んでいた老人だ。先代の隠者、つまり先代皇帝に気に入られて森に住むようになった。木こりは次代の『隠者』として父親と共に森に通うようになっていた少年時代のサージェスに色々なものを与えてくれた人間だったのだ。

「彼は人形のようにただ周囲の望む『聖帝』を演じるだけだった俺に、色々なことを教えてくれた。お前に教えた家事は、ほぼすべてあの人が俺に教えてくれたものだった。あの人の前では俺は聖帝でも隠者でもない俺自身でいられた。ただの人間でいられた。彼は俺にどちらの役目も望んでいなかったからだろう。それはお前も同じだ」

「私も、ですか？」

アリーシェは目を瞬かせた。

「ああ、お前も俺に『隠者』や『聖帝』の役割は望まなかった。……まぁ、聖帝だと知らなかったというのもあるだろう。けれど、お前が隠者である俺に望んだのは『森にいたい』ということだけ。あとは火の熾し方や薪割りの仕方、畑の耕し方を教えてもらいたがったくらいだ。ハハハ、この俺に、聖帝に家事を教えてくれと言ったんだぞ？　だけど……お前に教えている間、俺は隠者でもなく俺自身になれた。木こりが俺を人間に戻してくれたとしたら、お前は……俺をただの男に戻してくれたんだ」

神の子、聖帝としての役割しか求められず、ずっと周囲が求めるまま「聖帝」を演じてきたサージェス。彼は「聖帝」でもなく「隠者」でもなく、ただグラムという男を慕ってくれたアリーシェによって初めて人間の男として生きることを覚えたのだ。

「欲しいと思ったのもお前が初めてだった。だから……生まれて初めて卑怯なことをした」

「卑怯なこと？」

「俺の傍にいるだけで、お前が『神の花嫁』に、神の子を宿すことのできる身体に近づいていっているのが分かっていながら、それを告げることなく傍から離さなかった。痣を消したいというお前の願いにかこつけてキスをしたし、子種を流し込むという名目で純潔を奪ったのも。これのどこが卑怯じゃないって言うんだ？」

サージェスは苦笑いを浮かべた。

「お前の前では取り繕っていたけれど、それだけ必死だったということだ。結局俺はお前を傍から離せず『神の花嫁』にしてしまった。そしてそれを密かに喜んだ。……なぜなら大っぴらに俺のものにできるからな」

「グラム様……」

無意識に手を伸ばすと、サージェスはその手を取ってキスを落とした。

「だから疑うな。俺自身がお前を望んだ。お前に痣があったからじゃない。傍に留め置きたかったから、わざと俺がお前を『神の花嫁』にしたんだ。愛している。俺の花嫁、俺のアリーシェ」

「私も、私もです、グラム様……いえ、サージェス様」

アリーシェは椅子から立ち上がり、テーブルをぐるりと回ってサージェスの前に立った。

「あなたが好きです。私の傍にいてください。この先もずっと、ずっと」

サージェスも椅子から立ち上がる。……いつの間にかヴィラントの姿は消えていた。きっと気を利かせたのだろう。

二人はどちらからともなく抱きしめ合うと、寄り添いながら寝室に向かった。

ベッドの縁に座りながら、アリーシェは妙にそわそわした気分になってサージェスを見た。

ローブを脱いでいたサージェスはそんなアリーシェの様子に目ざとく気づいて問う。

「どうした？」

「その……なんだか、すごく久しぶりで、その……恥ずかしくて」

最後にこのベッドでサージェスに抱いてもらってから半月以上経っている。妙に気恥ずかしくて仕方ないのはそのためだろうか。

――……ううん、違う、そんなことは本当は関係ないの。

サージェスを見ながらアリーシェは自分の考えを否定した。

半月ぶりだとかそんなことは関係ないのだ。アリーシェが戸惑っているのは別の理由がある。

「……グラム様が聖帝陛下だってことは、頭では分かっているんです。サージェス様がグラム様だってことも。でも、その、お姿がいつもと違うので、なんだか、こう、別の方にこれから抱かれるような気分と言いますか……」

そうなのだ。今の彼は「隠者グラム」ではなく「聖帝サージェス」の姿をしている。黒髪ではなく金髪で、ローブの下に身に着けている服も聖帝に相応しい豪華な礼装だ。いつも軽装だったグラムとはまるで違う姿。

だからだろう。アリーシェはサージェスがグラムであることは頭では分かっているつもりなのだが、別人なような気もしてしまい、恥ずかしくてたまらないのだ。

――もうグラム様とは何度もベッドを共にしているのに。サージェス様の姿になったとたん、違う人に初めて抱かれるような……そんな気分になってしまっているなんて。

アリーシェはもじもじしながら言った。

「説明、うまくできませんが、初めてグラム様とこれから愛し合う、みたいな気分になってしまって……妙にそわそわしてしまっているんです」

「ああ、なるほど、そういうことか」

サージェスはアリーシェの言いたいことを理解したらしい。

「こちらの姿は今日初めて見たわけだからな。お前がグラムの姿がいいと言うなら……」

「あ、いえ、そうじゃなくて」

今にも変化してしまいそうな気がして、アリーシェは慌てて止めた。グラムの姿の方がいいとかそういうわけではないのだ。

「サージェス様のままでいいんです。だって、グラム様の本当のお姿はそっちでしょう？」

聖帝の姿が本来の彼の姿で、隠者グラムの時は別人を装うために黒髪に変えているのだろう。

「まあな」

「だったら、そのお姿のグラム様にも慣れたいんです。だって、どちらもグラム様だから」

「そう言ってもらえるのは嬉しいが……」

サージェスは隣に腰を下ろすと、手を伸ばしてアリーシェの頬に触れた。

「無理をしていないか？　お前は今日酷い目に遭ったばかりだ。それに俺の本当の素性を知ったばかりだ。つい逸ってお前を聖帝の姿のまま攫ってきてしまったが、配慮が足りなかった。お前が戸惑うのは当然のことだ」

「無理はしていないですよ？」

頬に触れる温もりはいつもと同じだ。アリーシェはホッと息を吐きながら甘えるようにサージェスの手に頬を擦り付けた。

「グラム様はグラム様ですもの。私はサージェス様としてのあなたも知りたいんです」

アリーシェは隠者としての彼しか知らない。聖帝がどういう人物なのかも分からない。普段、彼が聖帝としてどう振る舞っているのかも。

「きっと聖帝陛下としてのグラム様は、森でのグラム様とは違うのでしょう。同じ人物だとしても立場が違いますもの。森にいる時は『隠者グラム』として、王宮にいる時は『聖帝サージェス』としての顔がある。私は、そのどちらのグラム様にも寄り添いたいと思っているんです」

――きっとグラム様は私が願えば『聖帝サージェス』の部分は隠して『隠者グラム』としての顔しか出さないでいてくれる。でも私はそんなのはイヤ。グラム様でもサージェス様でもどちらもまるごと受け入れたいの。

「まったく、お前は……。弱々しいくせに強いな」

サージェスは苦笑すると、アリーシェを抱き寄せた。

「世間知らずで、一途で、頑固で、聞きわけがいいくせに、強情で、時々とんでもないことをしてくれる」

「……そうですか？」

その人物像には少し賛同しかねる。世間知らずなのは自覚しているが、強情とはどういうことだろうか。

「ああ、今回のことだって森から出るなとあれほど言い聞かせたのに、自分から出て行ってしまうし」

「それは……その、ラージャ村の人たちをこれ以上傷つけさせるわけにはいかなくて！」

アリーシェは慌てた。確かに言いつけに逆らってしまった。でもアリーシェはそれを後悔していない。もし村人の誰かがアリーシェのために殺されでもしたら、二度と村の人たちに顔向けできなくなるのだから。

「分かってる。それがお前という人間だからな。お前の行動は愚かだと思うが、間違ってはいなかった」

「グラム様……」

そう言われてアリーシェはホッと胸を撫で下ろすと同時に、グラムが自分という人間を理解してくれていることに喜びを覚えた。

「サージェス様」

アリーシェは呼び直すと、サージェスの首に手を回してぎゅっと抱きついた。

「サージェス様、私を抱いてください」

「アリー……」

その言葉が引き金になったのか、サージェス様は飢えたようにアリーシェの唇に食らいついた。アリーシェは嬉々として唇を開いてキスに応じる。

「んぅ……ふ、ぁ、んっ」

舌を絡ませ合い、唾液を交換しては互いに啜る。貪るという言葉が相応しいようなキスだったが、半月以上離れていたせいで互いに飢えていたのだ。激しくなるのも当然だろう。

アリーシェも優しいキスなど望んでいなかった。

——私を奪って。私を欲しがって。

自分がサージェスに溺れているように、彼にもアリーシェに溺れて欲しかった。

濃厚なキスが続く。少し息が苦しくなって鼻で空気を吸い込むと、嗅ぎ慣れたグラムの匂いが鼻腔をくすぐった。とたんにずくんと子宮が疼いて熱くなっていく。

どうやら、別人のようにも見えるサージェスの姿に頭は戸惑っているくせに、身体は彼をグラムだと認識しているようだった。

しばらくして唇が離れた時にはアリーシェもサージェスの息も少し切れていた。抱き合う時はいつも余裕のある様子だったサージェスだが、半月の別離とアリーシェが危険に晒されたこともあって、今日はいつもより性急だ。

サージェスの手がアリーシェのワンピースのボタンを外していく。大人しくされるがままになっていたアリーシェだったが、ふとあることが気になって尋ねた。

「そういえば霊廟の修復のため一週間留守にすると言っていたのに、半月過ぎてもグラム様は戻ってきませんでした。修復が長引いているのだと思っていましたけど、ジェリド侯爵の手の者が霊廟を破壊することはあらかじめ知っていたみたいですよね。被害は最小限だったでしょうに、どうしてこんなに遅くなったんですか？」

「お前、今それを聞くのか……」

微妙な顔つきになったサージェスだったが、アリーシェの服をはぎ取りながらも答えてくれる。

「確かにジェリド侯爵が俺を森から引き離すために霊廟を破壊する計画を立てていることは分かっていたから、被害は最小限で済んだ。けれど、ジェリド侯爵を油断させるために『隠者グラム』は森を離れることが必要だったんだ。そしてあいつが油断している間に捕まえる計画を進めていた」

その準備に思った以上に時間を取られたのだとサージェスは言う。

「あいつがシュレンドルにいれば捕縛は簡単だったんだがな。だが奴はロジェーラを離れなかった。ロジェーラにいるあいつを捕まえるのには、不意打ちをするしかなかったんだ」

ジェリド侯爵とエメルダ王妃たちを捕まえるため、サージェスは神の力を宿した水晶を媒介にしてシュレンドル軍をロジェーラの城に直接転送させた。そう説明されると簡単そうに聞こえるが、師団クラスの大人数を一気に転送させるためにはサージェスといえど、そう楽にできることではない。準備が必要だ。その準備に思った以上に時間がかかってしまったのだ。

「ようやく森に帰ってこられたと思ったら、お前は捕まっていて。ったく、あの時は怒りでどうにかなりそうだったぞ。まぁ、主に自分に対する怒りだったが。……本当はお前が知らないうちに全部ケリをつけたかったのに」

サージェスはジェリド侯爵を捕まえるために兵を用意していたが、それは同時にエメルダやモニカ、それに父王のキースタインを排除するためのものだったようだ。

「お前は痣が見つかって連れ戻されることをいつも怯えていたからな。その憂いを取り除いてやりたかった」

「サージェス様……」

全部アリーシェのためだった。アリーシェを強引に妃にしてしまえばもうエメルダもどうすることもできず、話は簡単だったものを。それなのにサージェスはアリーシェの「このまま森で暮らしたい」という願いを叶えるために、あえて手間がかかる方法を採ってくれたのだ。

アリーシェの目に涙が浮かんだ。

「これほどのことをしてもらったのに、私には返せるものがないなんて」

一体どれほどのものをアリーシェはサージェスに与えてもらっただろう。森での生活、小屋、生きる術。それなのに、アリーシェにはサージェスに返せるものがない。

「私があげられるものなんて、せいぜいこの身くらいなのに」

そう呟くアリーシェの服はすでにない。下着も全部はぎ取られて一糸まとわぬ姿になっている。サージェスは自分の服も無造作に脱ぎ捨てると、アリーシェをそっとベッドに押し倒した。

「それでいいんだ。俺はお前が欲しい。お前の身体も心もその人生も、魂も、命も。全部俺にくれればいい」

ベッドの白いシーツにアリーシェのはしばみ色の髪が広がった。アリーシェは新緑色の目を大きく見開いてサージェスを見上げる。

「それならとっくにグラム様のものですよ？　私の新しい願いは、グラム様のために生きて、グラム様のために死ぬことですもの」

「……っ、アリー。俺のアリー」

サージェスの身体が覆い被さってくる。アリーシェは全身でその重みを受け止めた。


濡れた唇と舌がアリーシェの肌の上を滑っていく。乳房をたどり、ぷっくりと膨らんだ胸の先端をぱくりと食べられた。

「んっ……あっ、グラム様っ」

熱く疼く先端に歯を立てられて、吸われ、ぞくぞくとした快感が背筋を駆け上がっていく。

胸をいじめる口とは別に、手は両脚の間の割れ目をくちゃくちゃと音を立てて責めたてる。中に入った指に上側の敏感な部分を擦られて、ビクンと腰が跳ねて浮いた。

「あっ、それ、だめっ」

感じる場所を執拗に弄られて、居ても立っても居られずに爪先をシーツに食いこませる。胎の奥からじわじわと何かが染み出してきて、サージェスの手を濡らした。

「いつもより感じているな？　こっちの姿がよっぽど気に入ったのか？　それとも、別人に犯されるみたいで興奮している？」

からかうように言われてアリーシェの顔がカッと熱くなった。

「そ、そんなんじゃ、ないですっ」

サージェスはやっぱりグラムだ。少し意地悪になるところもまったく同じだ。

――そうよ、髪や目の色が変わるだけで、その人の本質が変わるわけじゃない。

ぶっきらぼうで優しくて、でも少し意地悪な人。アリーシェの大好きなグラムはそうだし、サージェスも同じだ。

華美な服装で、少し偉そうにしているから別人のように見えたけれど、何一つ変わっていないのだ。この人はアリーシェの大好きなグラムで、一緒に生きたいと願った人だ。

アリーシェは手を下に伸ばしてサージェスの反り返った怒張を掴んだ。

「っ、アリーっ」

「私も、私も、グラム様に触れたいです」

何も知らなかった時のアリーシェだったら男性器に手を触れるなんて考えもつかなかっただろう。けれどグラムによって拓かれ、彼の望むまま欲望を受け止める器として躾けられたアリーシェは、教えられた通りに男の欲望をさらに掻き立てるために行動した。

鈴口からにじみ出た先走りの液を手に擦り付けると、硬く張りつめた男芯を握り締めて上下に動かす。

「っくっ」

かった。

サージェスは歯を食いしばって息を吐きだしたが、アリーシェの手を止めることはしな
「……小悪魔を作ってしまったようだな……」

顔を顰めながらもサージェスはアリーシェへの愛撫を再開させた。指を二本に増やし、大きく出し入れしては中を解していく。

「っん、あ、はぁ、あ」

じゅぶじゅぶと粘着質な音が自分の下半身から出ているのだと気づいたとたん、恥ずかしくなった。恥ずかしいのに、どういうわけか身体は高ぶり、お腹の奥がキュンキュンと疼く。負けじと男芯を撫でる手を大きく動かしたが、つい快感に流されそうになって手が止まってしまう。

「グラム様を、気持ちよく、させたい、のにっ……あ、くっ」

膨らんだ悦楽に蜜口がキュウと締まり、サージェスの指を熱く締めつけた。

「十分に、気持ちいい。お前に触れられているだけでイッてしまいそうだ。この半月は俺にとっても長かったからな」

「あっ、はぁ、ん、ンっ」

サージェスは指を大きく動かしながらほんのりピンクに染まったアリーシェの耳たぶを嚙み、穴の中に熱い吐息を吹きかける。ぞくぞくとしたものが背筋を這いあがり、アリー

シェは思わず握り締めたものから手を離してしまった。

「あんっ、や、まだ……」

けれどサージェスは追いすがるアリーシェの手を避けて囁いた。

「ダメだ。一度出して落ち着いたらいくらでも触らせてやる。でも今はダメだ。俺の方がもたなくなる。半月ぶりだからな。最初はお前の中に放ちたい」

「あ、あ……っ」

サージェスの言葉にアリーシェは膣壁に打ちつけられる熱い飛沫の感触を思い出してしまい、子宮が熱く疼くのを感じた。

——欲しい。奥にいっぱい注ぎ込んで欲しい。

アリーシェとしては今すぐにでもサージェスに奪って欲しかった。子宮にサージェスの熱を感じたくてたまらなかった。けれどサージェスはあんなことを言いながらとても慎重だった。

指の動きを再開させると、アリーシェの様子を見ながらアリーシェの肌をキスでたどっていく。時おり肌に歯を立てるものの、痛くはなく、ただチリチリと肌が粟立つだけだった。

おへその穴を舌先でくすぐり、下腹部に濡れたキスを何度も送った。その間も膣を犯す指の動きは止まらない。

「あ、はぁ、ぁ、ん、んんっ」

いつの間にか指は三本に増えていた。パラパラと中で動く指がアリーシェの感じる場所を的確に責める。おへその裏側にある感じる部分を擦り上げられて、ビクンと身体が跳ねた。

下腹部からさらに下に降りて行ったサージェスの舌が、とうとうはしばみ色の茂みの中でひっそりと立ちあがっていた花芯を捕らえる。

「ひゃあああ」

アリーシェの唇から甘い悲鳴が上がった。

充血した花芯に舌先が絡み、ねっとりと舐め上げられる。腰が震え、奥からどっと愛液が溢れ出た。

「あっ、そこっ、ダメっ。イクっ」

なじみのある感覚がアリーシェの奥からせり上がってきていた。

それなのに指の動きは止まらない。蜜壺を激しく出入りするたび、いやらしい水音が鼓膜を震わせる。

「あぁっ、あ、あ、ああっ、イク」

花芯に歯が立てられた。舌とは異なる快感に、アリーシェの脳天から足先まで痺れるような法悦が走り抜けた。

「あ、あああああっ！」

背中を反らし、アリーシェは絶頂に達した。目の前に白い光がチカチカと瞬いて、一瞬何も見えなくなる。アリーシェが気をやるのを愉悦の笑みを浮かべて見届ける黒い瞳も、何もかもが光の中に消えた。

ふわっと多幸感が押し寄せてきて、アリーシェを包み込む。

「あっ……ンっ、ぁ……」

蕩け切った表情を浮かべ、絶頂の余韻にビクビクと痙攣するアリーシェの身体を見下ろすサージェスは楽しげな笑みを浮かべていた。

「そろそろ俺も限界。アリー、お前をもらうぞ」

サージェスはアリーシェの両脚を開き、しとどに濡れそぼつ割れ目に怒張の先端を擦り付けた。

「ん、ン……」

疼く部分に押し当てられた熱くて硬い感触に、無意識にアリーシェの喉が鳴る。

——ああ、欲しい。欲しいの。

だが、動かすだけでサージェスはなかなか入れてくれない。渇望のあまり、上下する動きに合わせてアリーシェの腰が揺れた。

なじませるように先端を擦り付けながらサージェスが言う。

「アリー、本当は、聖帝が選んだだけでは聖痕持ちの娘とはいえ、『神の花嫁』にはなれないんだ。『神の花嫁』は聖帝が作る」

サージェスが何事かを言っているが、欲望に溶け切ったアリーシェの頭では何を言っているのか理解できなかった。

「聖帝がどうやって『神の花嫁』を作るか知っているか？　自分の神力を注ぎながら内側から娘を変えていくんだ。子どもが作れる身体へと変化させていく。自分の体液を使ってね。俺はそれを利用してお前の聖痕が人目に触れないように覆い隠していた」

「んっ、は……っん、サージェス様ぁ」

「『神の花嫁』を作る最初の段階はキスからだ。あまり多くの神力を注げば娘の身体が耐え切れなくなるかもしれないから。何度も繰り返し唾液を注いで、だんだん身体を慣らしていく。次の段階は精液を使う。これも繰り返し何度も注いで子宮から身体を慣らしていくんだ。ハハ、どこかで聞いたような話だな？」

「んんっ、サージェス様、欲しい、あ、焦らさないで、ください」

話はいいから注いで欲しいと、アリーシェはぼんやり思う。

「哀れなアリー。お前を逃がしてやるか、それとも俺に縛りつけるか決めあぐねていた俺に、自ら縛られてくれるなんて。初めて抱いたあの日、俺は決めたんだ。お前を俺の花嫁にすると。もう絶対に放してやるものかと」

サージェスはアリーシェの膝の裏に手を入れてぐいっと押し上げた。蜜をたたえ、サージェスを求めてやまない入り口が余すところなく晒される。

「あっ……」

期待にアリーシェの子宮が疼く。

改めてアリーシェの割れ目に先端を押しつけたサージェスは、嫣然と笑った。

「永遠にお前は俺の花嫁だ」

どちゅんと音を立てて、サージェスの怒張がアリーシェの蜜壺に埋まっていく。

「あっ、あああああ」

アリーシェの喉から悦びの声が迸った。

太い先端が粘膜を抉る。望んだものを与えられた悦びと突き抜けるような快感に、アリーシェの媚肉がビクビクと震えた。

纏わりつく媚肉を振り切るように肉槍が狭い隘路を進んでいく。すっかり慣れたアリーシェの膣は肉槍を美味しそうに呑み込んでいき、奥までしっかりと収めた。

「んんっ、あ、ああ」

下腹部がひくひくと痙攣し、媚肉をぴっちりと埋め尽くす楔を熱く締めつける。

「っ、はぁ、アリー。お前の中は熱くて、気持ちいい」

「あっ、はぁ、嬉しい。私で、もっと気持ちよく、なって、ください」

纏わりついた膣肉を通して、サージェスの形がはっきりと伝わってくる。太い笠の部分も、血管が浮いてびくびくと怒張する竿も。それがさらにアリーシェの欲望を掻き立てる。

「んっ、は、ああ」

サージェスはゆっくりと腰を使った。ずんと奥深くまで貫いて、アリーシェの感じる部分を粘膜ごと抉る。

最奥まで進んだ楔が今度は襞を引きずるように引き出されていき、再び奥を貫いた。

アリーシェの背筋をぞくぞくと快感が通り抜けていく。

「あ、あっ、ん、くっ」

規則正しい動きに合わせてアリーシェの腰が揺らめいた。なのに、サージェスはいきなり動きを変え、奥深くに先端を埋めた後、からかうように小刻みに突いた。アリーシェの感じる場所を。

「ああっ、それ、だめぇっ」

最奥をくいくいっと突き上げられて、アリーシェの口から嬌声が上がる。

「ああああ、だめっ、そこ、いやっ」

「だめ？　いいの間違いだろう？」

「ああっ、んっ、は、あ、い、いい、いいのっ」

緩急のある動きにアリーシェは翻弄され、すっかりサージェスの虜になっていた。

「子種、いっぱい欲しいか？」

「ほ、しい、いっぱい欲しい、です」

「ここ、いっぱいガンガン突いていいか？」

「いいっ、いっぱい、くださいっ」

アリーシェはもうすでに自分が何を言っているのか分からなくなっている。ただ、サージェスの望む通りに動いてねだって、男の欲望を煽っていく。

グラムの姿でなくサージェスになっているからだろうか。サージェスの動きはいつもより激しかった。一方アリーシェの方も、黒髪ではないサージェスと愛し合うのは新鮮なのか、いつもより感じやすくなっていた。

丈夫なはずのベッドがギシギシと軋み、アリーシェの喘ぎ声と重なるように淫靡な二重奏を奏でていく。

「アリー……っ、くっ」

膝を肩の上に抱えられ、折り曲げられた姿勢のまま上から貫かれる。

「ああああっ！」

アリーシェの唇から嬌声が迸った。苦しい姿勢なのに、その息苦しさや重さすらも快感に変換されていく。

「あ、もっと、サージェス様、もっとっ」

もっと近づきたくて、アリーシェはサージェスの首に手を回して引き寄せた。

苦しいのに、気持ちいい。相反する感覚がますますアリーシェの淫悦を高めていく。

「んんっ、んぅ、ん、ふ、あ、はぁ」

サージェスの動きが速くなり、少しずつ切羽詰まったものになっていく。激しい抽挿に、繋がった部分からどちらのものともいえない飛沫が飛び散り、シーツを汚した。

ずんっと最奥を突き上げられ、子宮を押し上げられる衝撃に声が漏れる。奥深くに与えられたまま太い屹立の先端でぐりぐり押しつけられ、アリーシェは戦慄いた。

「ぁあああ、あっ、ああ」

思わず縋るようにサージェスのうなじを引き寄せる。そのまま口づけられて、アリーシェは唇を開いた。

「んっ、ぅ、ん、ふぅ、ぅ」

ねっとりと、そして激しく舌が絡み合う。唾液と共に舌先が送り込んでくる法悦に、アリーシェは陶然となった。ただでさえ折り曲げられた姿勢のままで息が苦しいのに、呼吸ごと呑み込まれていくような感覚に、なぜか快感が広がっていった。

「ん、ぷ、はっ……」

気が遠くなりかけそうになったその時、サージェスの口が離れていく。それをアリーシェは寂しいと思った。

「はぁ、あ、んん、ふぁ……」

　揺さぶられながらアリーシェは薄目を開けてサージェスを見上げた。サージェスの顔には汗が噴き出ていて、頬は紅潮し、快感のせいかほんのり表情を歪ませている。余裕のない時のグラムと同じだ。

　もうアリーシェの目にはサージェスとグラムが別人には見えなかった。

　――ここにいるのは、私を抱いているのは紛れもなくグラム様。大好きな人だ。

「んんっ、はっ、あ、ああ、サージェス様！」

　もっと触れあいたいと思うアリーシェの気持ちに応えるように、サージェスは彼女の脚から手を離すと、ぴったりと抱きしめた。

　アリーシェは自由になった脚をサージェスの腰にしっかり絡ませて全身でサージェスに縋りつく。

　もう、放したくなかった。

　――ああ、ずっとこれが欲しかったの！

　もう半月以上サージェスに抱いてもらっていない。そのせいか、ずっと子宮が疼いて仕方なかった。神殿に出向いては抱かれた記憶を思い出し、熱い子種を思いっきり膣と子宮で受け止めたくてたまらなかったのだ。

「んんっ、あ、サージェス様、欲しいの。ください、子宮にいっぱい注いでください！」

サージェスに促されたわけではなかった。アリーシェが自ら望んで告げた言葉だった。

アリーシェが懇願したとたん、すっかり煽られたサージェスの動きが激しくなった。負けじとアリーシェの中が蠢いてサージェスの屹立を絞り上げる。するとますますサージェスはアリーシェを激しく突き上げた。

——ああ、またイッちゃう。

アリーシェはすっかりおなじみになった感覚が子宮からせり上がってくるのを感じた。

「ああ、イクっ、サージェス様、私、イッちゃう！」

絶頂の予感にアリーシェはさらにきつくサージェスの身体に抱きつきながら訴えた。子宮が疼いて疼いて仕方なかった。

サージェスは汗を滲ませながらにやりと笑う。

「ああ、ならば一緒にイこう。この先も永遠に、お前は俺だけのもの」

言うなりアリーシェの腰を掴んで激しく揺さぶった。ずしん、ずしんと穿たれるたびに全身に衝撃と快感が響く。

「あっ、ああああ！」

「いくぞ」

一際激しく穿たれて、アリーシェの目の前が真っ白に染まった。

「あっ、ああああああ——！」

頤を反らしてアリーシェは絶頂に達した。媚肉が激しく蠕動してサージェスの屹立に絡みついて絞り上げる。

「くっ……は、くっ……」

サージェスもわずかに遅れて歯を食いしばりながらアリーシェの胎内に白濁を放った。

「んっ、んぁ、あ、あ、はぁ、んン」

アリーシェは絶頂の余韻に浸りながらも、子種の最後の一滴まで子宮で受け止めるために、サージェスの腰に回した脚に力を込める。

熱い飛沫が膣壁を濡らした。

最後に残った力でサージェスの背中を撫でながら、胎内で広がる熱い感触に、アリーシェはうっとりと微笑んだ。

──永遠にこうしていたい。サージェス様と二人、世界がなくなるまで、溶け合いたい。

「アリー……」

すべて吐きだしたサージェスは熱い吐息を吐きながらアリーシェをぎゅっと抱きしめた。包まれるような温かい感触に、アリーシェは目を閉じた。

ここ数日、まともに眠っていなかったからだろうか。目を閉じたとたん急速に眠気が襲ってきた。

アリーシェはサージェスの体温に守られていることに安堵しながら眠りのベールに身を

委ねる。

「聖帝の子種には大量の神力が含まれている。俺の精を受けるたびにお前は俺に近くなる。神でもなく人間でもない何かになっていく。……ああ、アリーシェ、すまない。俺はそれがとても嬉しいんだ」

沈みゆく意識の中で、そんなサージェスの声が聞こえた気がした――。

エピローグ　神の花嫁は聖帝の腕の中で花開く

　アリーシェは鼻歌を歌いながら庭の畑でえんどう豆を収穫していた。

　そんな彼女の肩には小鳥のヴィラントが止まっていて、アリーシェの鼻歌に合わせて「ピーィィ」と鳴いている。

「ねぇ、見て。ヴィラント。このえんどう豆、すごく美味しそうじゃない？」

　さやを振ると、中からカラカラという音が聞こえた。

「スープに入れてもらおうかしら。それとも炒め物がいいかしら」

「姫様、こっちのキャベツもちょうど収穫時でしたよ」

　畑の反対側から声がかかる。振り向くと、トムス爺が収穫したキャベツを抱えている。

「わぁ、ありがとう、トムス爺様。そっちもスープにするか、肉を包んで煮込むか悩むわ」

「どっちにしろ、美味しい料理ができるのは確かですな」

「姫様、トムス爺、スープができましたよ～。そろそろ手を止めて昼食にしましょう」

小屋の中からメアリアの声がかかる。見ると、戸口にエプロン姿のメアリアが立っていた。

「ありがとう、メアリア。そろそろファナもラージャ村から戻ってくるでしょうから、彼女が戻ったら食事にしましょうね」

シュレンドル軍によるロジェーラ城の占拠事件が起こってから半年余り。

森でのアリーシェの生活は前とは少し変化していた。再会したメアリアとトムス爺がアリーシェを心配して、彼女を手助けするために森に住むようになったからだ。

彼が住んでいるのはアリーシェが以前暮らしていた小屋だ。人数が増えてすっかり手狭になった小屋を、みんなで住めるように広く改築してくれたのはサージェスだった。

そして二人が森に住むならと、ファナも引っ越してきた。今ではファナがラージャ村に赴き、ラナのもとに薬草を届けてくれている。

ファナはそもそも最初からアルベルトの部下で、痣持ちのアリーシェの情報を探り、場合によっては保護するためにロジェーラ国に送り込まれた間諜だったらしい。

『小細工をしなくても姫様付きの侍女になれたので、ラッキーでした』

とはファナの談だ。

彼女はアリーシェが聖帝の妃候補になれば必ずエメルダとモニカが危害を加えてくるだろうと予想して、シュレンドル帝国に保護してもらうべく手配をしていた。

ところが予想より早くエメルダ王妃がアリーシェの命を狙ったため、あんな形になってしまったのだという。

ファナはアルベルトの間諜として訓練も受けているので、当然のように検問所から追いかけてきた男たちから逃げることができた。だがアリーシェには会えず、隠者に囲われてしまったため、それならばとロジェーラ国に戻り再び間諜をしていたそうだ。

すべてアリーシェのために。

——ああ、私はなんて幸せなのかしら。

アリーシェの大事なものが今ここには揃っている。アリーシェはようやく失ったものを取り戻すことができたのだ。

幸せなアリーシェとは反対に、ロジェーラ国は大変らしい。何しろエメルダ王妃の産んだ子どもは全員国王の子どもではなかったことが判明したからだ。

浮気相手だった侍従のヨハネス、そしてエメルダは、不貞と王族を騙した罪で死罪になった。エメルダの産んだモニカと元王太子は命は奪われなかったものの、生涯辺境の地に幽閉されることが決まり、すでに護送されたと聞いている。

本当は血がつながっていなかった異父母弟……いや、元王太子は大変だろう。王太子として大切に育てられてきた彼が、王位継承権を剝奪されて不自由な幽閉生活を送らなければならなくなったのだから。

姉のモニカはサージェスの神力の影響で、命は助かったものの歩くこともできなくなっているという。そんな姉の世話をあのわがままな元王太子ができるだろうか。

父王は退位させられて、こちらも遠い地に軟禁状態になっている。今になって側近の意見を聞いてアリーシェを離宮に幽閉したことを悔いているらしいが、あいかわらず保身の言葉ばかり漏らしているらしい。アリーシェに対する謝罪もないため、おそらく死ぬまで軟禁が解かれることはないだろうという話だった。

元国王の側近だった者たちも全員役職を剝奪され、降爵処分となった。

そしてキースタインの代わりにロジェーラ国の王となったのは、元国王の従弟にあたる人物だ。アリーシェに同情的で色々便宜を図ってくれた人でもあった。ロジェーラ国は彼に任せれば大丈夫だろう。

もう一つ。これはアリーシェの知らないことだが、ロジェーラ国の王都に本部を構えていたとある商会が、理由は不明だが倒産したようだ。一家は離散してそれぞれ別の場所で新しい人生を歩んでいるようだが、ただ一人、次男の所在だけは不明らしい。

他はおおむね今まで通りだ。ラージャ村も村人の怪我はすっかり治り、今では日常が戻りつつある。

アリーシェに危機を知らせてくれたラナとはちゃんと再会し、互いの無事を祝った。今でもアリーシェはファナと一緒に村を訪れる際は必ずラナの薬屋に寄っておしゃべりをしていく。

アリーシェにとってはこれも大切な時間だ。

「ただ今戻りました～。キツケ草がそろそろ在庫切れになるそうだから、トムス爺様、栽培よろしくお願いね」

「了解した」

ファナが村から戻ると、四人で食卓を囲んで食事を始める。食後のお茶を淹れたのはアリーシェだ。

畑仕事に戻ったトムス爺をよそに女三人でおしゃべりをしていると、ヴィラントが「ピーッ」と鳴き声を上げ、待ち人の訪れを告げた。

「サージェス様が迎えに来たわ。私は戻るわね」

アリーシェはサージェスと結婚し、基本的に水晶の森の神殿で彼と一緒に住んでいる。

「あ、姫様、こちらをお持ちください」

メアリアが差し出してきたのは大きな籠に入った食べ物だった。

「ありがとう。わぁ！　すごい。御馳走だわ！」

アリーシェは籠を覗きこみ、ブルーベリーのパンやほかほかのスープやサラダを見て歓声を上げた。

「お二人の夕食にどうぞ」

「ありがたくいただくわね、メアリア」

「それじゃあお気をつけて」

「ええ、また明日ね！」

小屋を出ると、少し離れた森の道の真ん中で黒いローブを身に着けたサージェスが立っていた。

「サージェス様、お帰りなさい！」

この森では『隠者』のスタイルで過ごすことに決めているサージェスは、フードを払うと走り寄ってきたアリーシェを抱きとめた。妻の額にキスをして、キラキラ輝く笑顔を見下ろす。

「今日も楽しく過ごせたようだな」

「はい！　サージェス様もお仕事ご苦労様です」

聖帝でもあるサージェスは、一日の半分以上を王宮に戻って聖帝としての仕事をして過ごしている。

サージェスと結婚するまでアリーシェは知らなかったのだが、水晶の神殿は建物自体がまるごと神具だったようで、あそこからなら王宮どころかシュレンドル帝国内ならばいつでもどこでもあっという間に移動できるのだそうだ。

皇族はその神具を使い、聖帝と隠者の仕事を両立させてきたのだった。

おかげでアリーシェも聖妃として公の場に出る時以外は森の中で生活することができている。

アリーシェはサージェスが王宮で仕事をしている間、自分の公務がある時は王宮で、ない時はメアリアたちの住む森の小屋で世話になっている。

「また前髪が伸びたな。そろそろ切らないと」

アリーシェの前髪に触れてサージェスが呟いた。

いまだにアリーシェの髪はサージェスが手入れをしている。どうやら彼はアリーシェの世話をするのが楽しいらしく、おかげで結婚以来、彼女が一人で風呂に入れたためしはない。

――サージェス様ったらすぐにいやらしいことをしようとするのよね。ついそれに応えてしまう私も私だけれど。

夫婦生活は順調だ。……というより結婚したことで前より躊躇をしなくなったサージェスにより、アリーシェの子宮には子種が絶えたことはない。

そのうち、いやきっと近いうちにアリーシェは子どもを孕(はら)むことになるだろう。

――そうなったら、ますますサージェス様の過保護が酷くなりそうね。

サージェスは、アリーシェに必要最低限の公務しか与えなかった。理由はアリーシェを独占したいからだと言う。

『過去の聖帝は皆そうだったそうですよ。聖妃様を独り占めしたがり、なかなか表には出さないんです。だから聖帝に比べて聖妃に関する情報が全然少ないんですよ。全部聖帝のせいです。ええ』

とアルベルトはうんざりしたように言った。

サージェスはアリーシェを自分のためだけに森に監禁しているというのが聖帝の側近たちの認識だ。正確ではないものの間違ってもいないので、アリーシェは訂正していない。

——だってその監禁を私も楽しんでいるんだもの。

アリーシェはサージェスの許可がなければ森を一歩も出ることができないという今の生活を窮屈に感じたことはなかった。

もともとアリーシェは離宮に幽閉されて育ったために慣れているのだ。……いや、アリーシェはそれ以外の生活を知らないというべきだろう。

サージェスのために森に留まり、サージェスを待つ毎日。それがアリーシェの望んだ日常だ。

「愛しています、サージェス様。どうか死ぬまでお傍にいさせてくださいね」

冗談めかして言うと、サージェスは真面目に返した。

「俺も愛しているよ、アリーシェ。俺の花嫁。……覚えておいてくれ。死ぬ時は一緒だ。

お前を独り残すことはしない。お前が死ぬ時は俺が死ぬ時。反対に俺が死ぬ時はお前も一緒だ」

執着心の滲(にじ)み出た言葉に、アリーシェはぞくぞくするような幸福感を覚える。

アリーシェは幸せそうに微笑んだ。

「はい。サージェス様。私の隠者。私の聖帝。あなたのために生きて、一緒に死ぬのが私の望みです」

──私はサージェス様のために生きて死ぬの。

それがアリーシェのたった一つの望みだ。

あとがき

拙作を手にとってくださりありがとうございます。富樫聖夜です。

今回の作品はスローライフを目指してみました。そのため、いつもよりファンタジー要素の多い作品になっております。果たしてスローライフになっているのか……ちょっと疑問ですが、いつもとは違う雰囲気だということを感じていただけたらと思います。

ヒロインのアリーシェは少し不憫な感じの身の上です。王女に生まれながらも痣のせいで離宮に軟禁されて育っているので、純粋ですが狭い世界しか知りません。継母に命を狙われて森に逃げこんだところ、七人の小人ならぬ「隠者」に遭遇して、森の小屋に住むことになります。森の生活が快適すぎる&引きこもりにちょうど良すぎてすっかり「私、ずっとここに住む！」な状態になってしまいました。王女だというのに綺麗なドレスを着せてあげられず、申し訳ない。

ヒーローの「隠者」ですが、これも私の既存の作品にはあまりいないタイプです。何を考えているのか分からないミステリアスな感じのヒーローを目指しました。が、蓋をあければムッツリスケベになったような……。素性はお察しで、二重生活をしております。

今作で一番活躍したのは小鳥のヴィラントだと思います。アリーシェの補佐もできるペットとして癒やしを与え、さらにピンチからも救っております。ヴィラントがヒーローでもよかったかな……。イメージは冬のシマエナガ。本物もすっごく可愛いです。

さて、今回はそんなに歪んでいる人は出していないつもりでしたが、わりとヒロインのアリーシェは正常でありながら歪んでいるかなと思っております。彼女の世界は狭く、離宮を脱出した後も隠者の懐の中という別の狭い世界に飛び込んで、それを最上と位置付けてしまいました。結局アリーシェの世界はグラムのせいで広がることなく狭い世界で完結します。彼女が作中で知った「自由」も隠者が許す範囲内（森）でしかありません。それを幸せだと思えるアリーシェと、無意識に彼女を囲い込んで広い世界を見せなかったグラムはある意味破れ鍋に綴じ蓋カップルだったのかなと思います。

イラストの春野薫久先生。素敵なイラストをありがとうございました！　アリーシェとグラムも素敵だし、特にヴィラントを可愛く描いてくださって感無量です。

そして最後に編集のY様。いつもありがとうございます！

それではいつかまたお目にかかれることを願って。

富樫聖夜

この本を読んでのご意見・ご感想をお待ちしております。

◆ あて先 ◆

〒101-0051
東京都千代田区神田神保町2-4-7 久月神田ビル
㈱イースト・プレス　ソーニャ文庫編集部
富樫聖夜先生／春野薫久先生

森の隠者と聖帝の花嫁

2022年4月9日　第1刷発行

著　　者　富樫聖夜
イラスト　春野薫久
装　　丁　imagejack.inc
発 行 人　永田和泉
発 行 所　株式会社イースト・プレス
〒101－0051
東京都千代田区神田神保町2－4－7 久月神田ビル
TEL 03－5213－4700　FAX 03－5213－4701
印 刷 所　中央精版印刷株式会社

ISBN 978-4-7816-9720-8
定価はカバーに表示してあります。

Sonya ソーニャ文庫の本

『軍服の渇愛』 富樫聖夜

イラスト 涼河マコト

Sonya ソーニャ文庫の本

『軍服の衝動』 富樫聖夜

イラスト 涼河マコト

『軍服の花嫁』　富樫聖夜

イラスト　涼河マコト

富樫聖夜
Illustration
藤浪まり
魔術師と鳥籠の花嫁
愚かで可愛い私だけの小鳥。
家族を守るため、望まぬ結婚を決意したリリアナ。だが、式を3日後に控えた彼女の前に、初恋の相手ラーフィンが現れる。突然連れ去られ、彼の屋敷に閉じ込められたリリアナは、愉悦の笑みを漏らすラーフィンに無理やり純潔を奪われ、欲望を注がれてしまうのだが――。
Sonya

Sonya ソーニャ文庫の本

『貴公子の甘い檻』 富樫聖夜

イラスト 涼河マコト

Sonya ソーニャ文庫の本

『蜜獄愛』　富樫聖夜

イラスト 花村

『**贖罪結婚**』 富樫聖夜

イラスト アオイ冬子